우선권은 밤에게

우선권은 밤에게

소설을 읽는 신선하고 즐거운 재미
작가정신의 새로운 소설락小說樂 시리즈

한국 문학계에 새로운 장을 마련해온 '소설향'을 잇는 새로운 한국 소설 시리즈이다. 중견 작가의 웅숭깊은 신작에서 신진 작가의 재기발랄한 달작達作까지 아우르는 다양한 작품들로 영상 매체의 화려하고 극적인 서사를 뛰어넘는 매혹적인 이야기의 힘과 진한 감동이 담겨 있으며 독자들에게는 '소설 읽는 즐거움'을, 한국 문단에는 '신선한 재미'를 선사한다.

초판 1쇄 발행일 2012년 09월 11일

지은이 이신조 | **펴낸이** 박진숙 | **펴낸곳** 작가정신

책임편집 김종숙 | **편집** 박송이 | **디자인** 정인호

홍보마케팅 김영란 백정민 | **재무** 최미경

인쇄 한영문화사

주소 413-782 경기도 파주시 문발동 파주출판도시 509-2 2층

전화 02 335 2854 | **팩스** 031 944 2858 | **이메일** editor@jakka.co.kr

홈페이지 www.jakka.co.kr | **출판등록** 1987년 11월 14일 제1-537호

ⓒ 이신조, 2012

ISBN 978-89-7288-420-0 03810
       978-89-7288-415-6 (세트)

우선권은 임ㅁ에게

이신조 소설

작가
정신

> 아무 곳에도 없고 싶은 나와 당신의 낮.
> 모든 곳에 있고 싶은 우리의 밤.
>
> 우선은 밤이다.

이신조

1974년 서울에서 태어나 명지대학교 문예창작학과와 동대학원을 졸업했다. 1998년 『현대문학』 신인공모에 단편 「오징어」가 당선되어 문단에 나왔고, 『기대어 앉은 오후』로 1999년 제4회 '문학동네작가상'을 수상하며 주목을 받기 시작했다. 주요 작품으로는 소설집 『나의 검정 그물 스타킹』 『새로운 천사』 『감각의 시절』, 장편소설 『가상도시백서』 『29세 라운지』, 서평산문집 『책의 연인』 등이 있다.

당신과 마찬가지로, 나는 늘 '어딘가에 있'다.

그러지 않을 수가 없다. 역시 당신과 마찬가지로,

'아무 곳에도 없'고 싶을 때가 있다. 또는 '모든 곳에

있'고 싶기도 하다.

그 불가능함이 당신으로 하여금, 나로 하여금…….

그리 오래 살 것 같지 않다 생각했던 집에 제법 오래

살고 있다.

당신과 마찬가지로, 이사를 가면 삶이 달라지지 않을

까 집을 보러 다녔다.

이사는 가지 못했고, 집을 보러 다니는 소설을 썼다.

소설을 쓰며 제법 오래 살고 있는 집의 소리를 듣고
냄새를 맡고 맛을 보았다.

소리에 냄새에 맛에 내가 스며들어 있었다.

어둡고 호젓한 밤의 산책, 그립다.

끝없는 밤의 골목길, 잠긴 문과 불 켜진 창,

그 모두를 누군가 여닫는다는 것이 경이롭게 느껴진다.

아무 곳에도 없고 싶은 나와 당신의 낮.

모든 곳에 있고 싶은 우리의 밤.

우선은 밤이다.

2012년 뜨거운 여름이 지나간 밤, '나이트룸'에서

이신조

차례

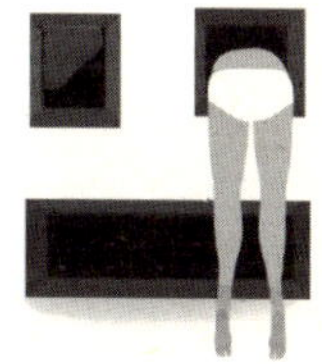

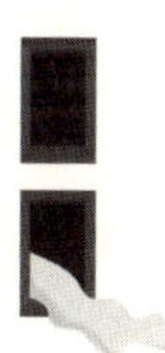

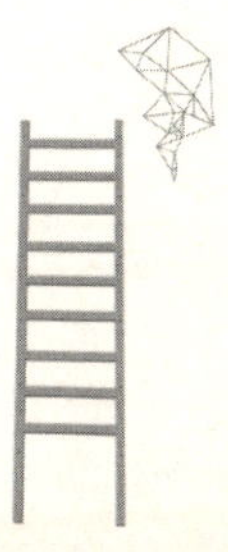

1

2월 중순의 어느 아침.

간밤에 눈이 내렸다. 나는 어두운 창밖으로 눈이 시작되는 것을 보았다. 골목길에 차츰 눈이 쌓이는 것도 보았다. 희붐한 새벽녘 눈이 그치는 것도 보았다. 서너 시간 얕은 잠을 자고 깨어났을 때, 쌓인 눈은 대부분 녹아 있었다.

나는 녹은 눈이 질척거리는 거리를 걷는다. 이번 겨울은 눈이 자주, 많이 내렸다. 쌓인 눈이 녹기도 전에 다시 그 위로 눈이 쌓이곤 했다. 거리 곳곳에 빙판이 도사리고 있었다. 겨울이 시작될 무렵 나는 고무밑창을 덧댄 투박한 디자인의 방한부츠를 샀다. 겨우내 그 부츠를 신고 용케 미끄러지지 않고 이 일대를 걸어 다녔다. 오늘도 버릇처럼 그 부츠를 신었다.

아침의 〈아침부동산〉. 나는 자물쇠를 열고 철제 셔터를 밀어 올린다. 방범장치를 해제하고 출입문을 연다. 부츠는 그새 눈 얼룩으로 지저분해져 있다. 간밤에 내린 눈이 이번 겨울의 마지막 눈일 수도 있겠다는 생각이 든다.

매일 아침 부동산 안으로 들어설 때면, 밤새 좁은 공간에 고여 있던 서늘하고 무력한 공기, 나는 천장조명과 가스난로의 스위치를 켠다. 공기가 움직이기 시작한다.

6평(坪)쯤 될 거라고 했다. 6평은 19,834제곱미터다. 6평 남짓한 공간에 여러 물건들이 각자의 자리를 차지하고 있다. 컴퓨터와 복합기, 사무용 책상과 의자, 이런 저런 소모품을 보관하는 수납장, 손님용인 세 개의 의자와 원형테이블, 특색 없는 모양새의 시계와 달력, 벽에는 G구(區)의 Y1동(洞), Y2동, S동이 상세히 표시된 대형 지적도와 신축 예정인 주상복합단지의 조감도가 걸려 있다. 다소 좁긴 해도, 여느 부동산중개업소와 크게 다를 바 없는 모습인 것이다. 출입문과 유리벽에 코팅된 빨강 노랑 시트지도 마찬가지. 아파트 오피스텔 빌라 원룸 단독 다가구 임대 매매 책임중개 상담환영, 이라는 고딕체 글자.

안쪽 구석에는 작은 크기의 냉장고와 음료를 준비할 수 있는 선반과 개수대가 있다. 나는 머그잔 가득 뜨거운 코코아를 타서 컴퓨터가 놓인 책상 앞에 앉는다. 여느 날과 마찬가지로 우선 인터넷 포털사이트의 창을 띄운 다음, 다시 창을 띄워 부동산 정보사이트 내 ‘아침부동산’ 회원 홈페이지에 접속한다.

책상 위 전화기의 벨이 울린다. 계부(繼父)에게 전화가 걸려오는 것은 대개 10시 10분 전후다.

“그래, 별일 없고?”

그가 언제나처럼 묻는다.

“네.”

나도 언제나처럼 대답한다.

“오후에 잠깐 들르마.”

“네.”

전화를 끊는다. 이제 청소를 시작할 시간이다.

간밤에 이번 겨울의 마지막일 것 같은 눈이 내렸고, 3월이면 이곳 〈아침부동산〉에서 일한지 1년을 맞게 된다. 그리고 나는 스물두 살이 된다. 스물 하나, 지난 1년 동안 〈아침부동산〉에서 일하며, 실상 아침에 집을 구하러 오는 사람은 거의 없다는 것을 알게 되었다.

“왜 아침부동산이냐고? 내 이름 끝 자(字)가 아침 조(朝)자 아니냐.”

그런 대답을 들려준 계부는 또 다른 중개업소도 운영하고 있다. 대규모 주상복합단지가 조성된 S동 오피스텔에 위치한 그곳의 이름은 〈굿모닝공인중개사사무소〉. 〈굿모닝공인중개사사무소〉는 〈아침부동산〉보다 두 배쯤 더 넓고, 집기도 매물도 손님도 두 배쯤 더 많다. 계부는 주로 그곳에 머문다.

정확히 말하자면, 계부는 ‘전(前) 계부’다. 열 살 봄부터 열세 살 가을까지 약 4년간 나는 그의 딸이었다. 당시 나는 그의 호적에도 올라 성씨(姓氏)가 권(權) 씨에서 양(楊) 씨로 바뀌었다. 권 씨도 나의 진짜 성씨라고는 할 수 없었다. 엄마는 나를 미혼모로 낳았다. 나는 외할아버지의 호적에 올랐다. 친부에 대해서는 성씨는 물론 그 무엇도 알지 못한다. 구슬려도 보고 윽박지르기도 하고 눈물로 통사정을 하다 앓아눕기까지 했지만, 외할머니는 딸에게서 아무런 정보도 얻어내지 못했다고 했다. 어쩌면 엄마도 아는 게 없었던 건 아니었을까.

열아홉 살에 시골마을을 떠나 서울의 한 쇼핑센터 잡화매장에 취직했다는 외동딸이 1년 몇 개월 만에 이미 눈에 띄게 배가 부른 채 고향집으로 돌아오자, 당연히 아연실색 노발대발 한바탕 소동이 벌어졌다. 그러나 결국 상황을 체념한 할아버지와 할머니는 서둘러 낡은 집과 좁은 땅을 처분해 만삭의 딸과 함께 도(道)의 경계를 넘어 아무도 아는 사람이 없는 T읍으로 이사했다. 둘은 T읍 시외버스터미널 근처에 미니슈퍼 점포를 얻었다. 미니슈퍼, 미니와 슈퍼, 생각해보면 퍽이나 이상한 단어 조합이다. 어쨌거나 나는 그 미니슈퍼에 딸린 살림집에서 태어났다. 할아버지의 호적에 오른 나는 엄마의 여동생이 된 셈이었는데, 과연 미니와 슈퍼처럼 생뚱맞은 조합이었다.

2년쯤 뒤, 지병이었던 간경화로 할아버지가 세상을 떠났다. 그로부터 채 1년이 지나지 않아 스물네 살의 엄마는 다시 서울행을 감행했다. 자리를 잡은 뒤 언젠가 나를 서울로 데려가 공부시키겠다는 거였다. 그럴 듯한 말이었지만, 할머니에게 딱히 신뢰를 주는 주장은 아니었을 것이다.

엄마는 한 달에 한 번, 두 달에 한 번, 석 달에 한 번쯤 시외버스를 타고 T읍의 미니슈퍼로 돌아왔다. 그 간격이 1년에 두 번이나 2년에 한 번일 때도 있었다. 간격이 얼마가 되었든 하룻밤만 자고 다시 서울로 돌아가는 건 변함이 없었다. 서울행 버스에 올라 터미널 승강장의 나와 할머니에게 손을 흔드는 여자가 몇 달 전에도 같은 버스에서 같은 동작으로 손을 흔들던 여자와 과연 같은 여자인지 확신할 수가 없었다. 그러는 사이 나는 자랐고, 초등학교에 입학했다. 할머니는 미니슈퍼에서 담배와 맥주와 과자와 라면과 통조림과 조미료 따위를 팔며 나를 키웠다. 할머니는 엄마와 할아버지가 닮아도 징그럽게 닮았다고 입버릇처럼 말했다. 나는 할머니의 말에 맞장구를 쳐주고 싶었지만 그러지 못했다. 엄마에 대해서도, 할아버지에 대해서도, 딱히 아는 게 없었기 때문이다. 둘이 닮았다는 것이, 닮아도 징그럽게 닮았다는 것이, 할아버지가 오래도록 타지를 떠돌아 엄마에게 형제자매가 없다는 것이 무엇을 뜻하는지 알지 못했기 때문이다. 나는 할머니를 위해 엄마와 할아버지를 닮지 말아야겠다 마음먹었다. 그러나 그 역시 엄마와 할아버지에 대해 딱히 아는 게 없었으므로 마땅한 실천 방법을 찾을 수 없었다.

음력설을 앞둔 어느 겨울날, 엄마가 오랜만에 미니슈퍼로 돌아왔다. 시외버스가 아닌 승용차를 타고 돌아왔다. 아직 계부가 아니었던 계부와 함께였다. 나는 열 살이 되었고, 봄이 되면 3학년이 될 참이었다. 두 사람은 내 학용품과 할머니의 옷가지 등을 잔뜩 사들고 왔다. 엄마는 전에 없이 얌전히 입을 다물고 있었고, 주로 계부가 할머니에게 말을 건넸다. 나는 알록달록한 새 학용품 이상으로 엄마의 검정색 모직코트와 자주색 핸드백에서도 눈을 뗄 수 없었다. 큐빅펜던트와 꽈배기무늬 스타킹도 마찬가지였다. 그것들은 어린 내가 그때까지 한 번도 본 적 없는 방식으로 부드럽게 빛나며, 제 존재감을 과시하고 있었다. 모두가 이전에 보았던 엄마의 물건과는 확연히 다른 것들이었다. 무엇보다 엄마의 표정과 몸짓이 가장 그러했다.

계부는 엄마보다 열한 살이나 나이가 많은 데다 이혼 경력이 있었고, 대머리이기까지 했지만, 나를 자신의 호적에 올리겠다는 말에 내내 안절부절 어쩔 줄 몰라 하던 할머니는 결국 눈가를 훔치며 고개를 끄덕였다.

그 겨울의 끝자락, 나는 T읍을 떠나 서울로 왔다. 서울 N구의 한 아파트에서 엄마와 계부와 함께 살게 되었다. 성씨가 권 씨에서 양 씨로 바뀌었고, 봄이 되자 아파트 단지 내 초등학교로 전학했다. 학교에서 누군가 새 성씨와 합쳐진 내 이름을 발음하면, 얼굴 주변의 공기가 따끔따끔하게 느껴졌다.

4년 후 엄마가 죽고, T읍의 미니슈퍼에서 다시 할머니와 함께 살게 되고, 결국 다시 권 씨가 되기 전까지 내내 그러했다. 따끔따끔따끔.

여느 날과 특별히 다른 것은 없다. 오후 2시 무렵까지 모두 일곱 통의 전화가 걸려왔다. 대부분은 부동산 정보 사이트에 올려놓은 매물 광고를 본 사람들의 전화였다.

"그럼 권리금은 얼마나 되죠?"

"월세 30 이하는 없나요?"

"K전문대에서 두 정거장 더요? 네, 세븐일레븐 건너편. 약국 끼고 안쪽으로……."

"전세 9,000짜리 빌라……. 아, 벌써 나갔습니까?"

그중에는 그린벨트 인근의 투기성 토지 매매를 연계하는 기획부동산의 홍보전화도 있었다. 사흘 전 다가구주택의 반지하 집을 월세매물로 내놓은 손님도 전화를 해왔다. 그는 아직 집을 보겠다는 사람이 없었냐며 채근하듯 물었다.

나는 그들에게 10평짜리 프랜차이즈 분식점 점포의 권리금과 근처 원룸매물의 평균적인 월세 가격과 아침부동산의 위치와 조건 좋은 전세매물의 계약완료 소식을 알려주었다. 또한 그린벨트 인근의 땅에는 관심이 없다는 의사를 밝혔고, 사흘간 반지하매물을 찾은 손님이 없었다는 사정도 전했다. 나는 차분하고 능숙하게 응대했다. 지난 1년 동안 매일 같이 받아온 비슷비슷한 용건의 전화들이었다. 여느 날과 특별히 다른 것은 없었다.

12시쯤 출입문을 잠그고 잠시 부동산을 비웠다. 눈이 녹은 거리는 지저분하게 번들거렸고, 부츠에는 연신 흙탕물이 튀었다. 그러나 날은 완전히 개어 맑고 투명한 햇빛이 가득 쏟아졌다. 겨울이 끝나가고 있었다. 나는 차례로 스낵바와 편의점과 과일가게에 들렀다. 부동산으로 돌아와 가방 속에 담아온 것들을 책상 위에 늘어놓았다. 설탕을 듬뿍 묻힌 따끈한 츄러스와 종류가 각기 다른 삼각김밥 세 개와 잘고 말랑말랑한 귤 열두 개. 나는 천천히 그것들을 먹으며 간간이 걸려오는 전화를 받았다. 창을 띄워놓은 몇몇 인터넷사이트에 들락거렸고, 코코아를 한 잔 더 타서 마셨다.

봄 이사철을 앞두고 있어 1월보다는 확실히 전화문의

도 손님 출입도 늘었다. 그러나 지난 1년의 시간을 이곳에서 보낸 나는 알고 있었다. 눈코 뜰 새 없이 바쁜 상황이 벌어지지는 않을 터였다. 〈아침부동산〉은 딱히 이사철에 영향을 받는 곳이 아니었다. 재개발이나 뉴타운 같은 부동산 이슈도 마찬가지였다. 경기의 호황이니 불황이니 〈아침부동산〉과는 무관한 얘기처럼 느껴졌다.

전화벨 소리에 놀라 잠을 깬다. 오후 3시 27분, 나는 헛기침을 하고 전화를 받는다. 계부의 목소리.

"오늘은 못 가보겠다 싶다. 여기 손님들하고 약속이 생겼어."

"아, 네."

"동일빌라 4층, 내일 재계약 알지?"

"낮 1시요."

"그래, 준비해놓고. 그 전에 가마."

"네."

"별일 없겠다 싶으면 전화 돌려놓고, 일찍 들어가."

"네, 뭐."

전화를 끊고 책상 위에 올려놓았던 쿠션을 의자 등받

이로 옮긴다. 엎드려 졸 듯 잠을 자는 동안 무언가 꿈을 꾼 것도 같지만 기억이 나지 않는다. 뭉개진 물감덩어리처럼 얼룩덜룩한 잔상이 어른거릴 뿐.

하품을 한다. 다시 졸음이 밀려온다. 나는 인터넷의 텔레비전 시청 프로그램을 클릭한다. 버라이어티 토크쇼가 재방송되고 있다. 책상 위에는 식어버린 츄러스 조각들과 귤 일곱 개. 나는 자리에서 일어나 삼각김밥 비닐포장지와 귤껍질을 쓰레기통에 버리고, 다시 뜨거운 코코아를 머그잔 가득 탄다. 자리로 돌아와 츄러스를 씹으며 귤껍질을 깐다. 오랜만에 텔레비전에 출연한 여배우가 과장된 표정과 몸짓으로 무명시절의 에피소드를 들려준다. 그게 뭐 그렇게까지 우스울까 싶지만, 출연자들 모두 박장대소한다. 부동산 정보사이트의 회원 홈페이지에 다시 접속한다. 여느 날과 특별히 다른 것은 없다.

출입문이 열린 것은 오후 4시가 막 지나서다.

검정색 패딩점퍼를 입고 검정색 뿔테 안경을 낀 남자가 부동산 안으로 들어선다.

"어서 오세요."

나는 재빨리 컴퓨터의 볼륨을 끄고, 먹던 귤을 모니터 안쪽으로 보이지 않게 치운 다음 인사를 건넨다.

남자는 '어린 남자'다. 소년은 분명 아니지만 결코 '어른 남자'라고는 할 수 없다. '청년'이란 단어도 아직은 역부족이다. 그는 나와 눈이 마주치자 필요 이상 당황해한다. 늙수그레한 중년 아저씨나 화장이 들뜬 피곤한 인상의 아줌마가 작은 부동산 사무실을 지키고 있을 거라 예상한 게 틀림없다.

"집 보시려고요?"

"아, 저기……."

어린 남자는 내 시선을 피하며 부동산 안을 둘러보는 시늉을 한다. 그대로 뒤돌아 나가버릴까 망설이고 있는 것도 같다. 평균 키에 마른 체구, 그러나 왠지 스포츠에는 흥미나 소질이 있는 것 같은 분위기. 어깨에 둘러멘 남색 백팩은 아직 길이 들지 않은 새것이지만, 역시 남색인 스니커즈는 몹시 낡고 지저분해 보인다.

"원룸 좀, 알아보려고요."

조심스레 주저하면서도 경계하듯 경직된 목소리. 애써 외운 대사를 어설프게 읊어보는 신인배우 같다.

"가격대별로 원룸이 많이 나와 있어요. 이쪽에 좀 앉으세요. 전세 월세, 평형 다양하고요. 근처에 신축원룸들 깔끔하고 시설도 좋아요."

이럴 때는 전문업자 같은 인상으로 상대를 안심하게끔 하는 게 우선이다.

"여기 K전문대 학생이세요? 곧 개강이라 요새 많이들 보러 와요. 오늘도 학생 둘 왔다 갔는데."

내 거짓말에 어린 남자의 표정이 조금 풀어진다.

"……곧, 다니게 돼서요."

"아, 신입생이시구나. 입학 축하부터 드려야겠네."

그가 다시 내 시선을 피한다. 그러나 더는 가버릴 생각을 하고 있지 않다. 내가 파일을 꺼내 매물을 살피는 척을 하자, '신입생'은 그제야 책상 건너편 의자에 앉는다. 그리고 내게 시선을 고정한다.

"방을 직접 볼 수도 있나요?"

"그럼요. 보고 결정하셔야죠. 보증금은 얼마 정도 생

각하세요?”

“……”

나는 그의 왼쪽 눈썹 속에 숨어 있던 점 하나를 발견한다. 사마귀처럼 숯은 쌀알만 한 점이다. 어쩌면 그에게는 생각하고 있는 보증금이라는 것이 없다. 나는 그것을 전혀 알아채지 못한 것처럼 서둘러 말을 잇는다.

“요새 워낙 전세 물건은 잘 없어요. 있어도 금방 빠지고. 특히 원룸은 월세가 전부라고 보시면 돼요. 곧 이사철이라 가격이 들쑥날쑥이긴 한데. 원룸은 꼭 방이 크다고 비싼 건 아니고. 건물 위치나 층수, 내부시설이나 방향에 따라 차이가 좀 나죠.”

“방향이요?”

“동향, 남향, 그런 거.”

“아.”

“방이 헤가 잘 들어야 좋죠. 밝고 따뜻하고.”

“……”

얼굴의 각도가 조금 달라지자 이내 왼쪽 눈썹 속의 점이 사라진다. 검정 뿔테 안경을 벗으면 무척 다른 인상의 얼굴이 나타날 것 같다.

"보통 원룸이라면 실평수 7,8평을 말하는데, 보증금 1,000만 원에 월세 4,50. 보증금 2,000이면 3,40 정도 생각하시면 돼요. 보증금 500만 원대도 있긴 있어요. 10평쯤 되면 당연히 보증금도 월세도 더 올라가고요."

망설이는 표정, 그러나 돈 계산을 하고 있는 것은 아니다.

"근데 뭐, 집주인에 따라서는 서로 얘기가 좀 된다 싶으면 보증금이나 월세 조정이 살짝 가능하기도 해요."

나는 대수롭지 않은 일이라는 듯 말한다. 신입생이 검지와 중지로 제 턱을 문지른다. 그는 이해하지 못하고 있다. 그러나 질문하지 않는다. 알지 못하는 것이 너무 많기 때문이다.

"아무튼 몇 군데 먼저 보시는 게 좋을 텐데."

"지금 바로, 가능한가요?"

"그럼요."

그는 계약하지 않을 것이다. 그러나 나는 경쾌하게 대답한 후, 잠긴 책상 서랍을 연다. 매물로 나와 있는 빈집들의 열쇠 꾸러미를 꺼내든다. 열쇠 하나하나에 견출지를 붙이고 숫자를 적어두었다.

"가실까요?"

자리에서 일어나 벗어둔 코트를 걸칠 때, 신입생이 나를 곁눈질하며 '꽤나 뚱뚱하다' 생각한다는 것을 안다. 물론 그의 시선에 혐오나 경멸이 담겨 있는 것은 아니다. 그러나 나는 분명 꽤나 뚱뚱하다.

부동산 밖으로 나와 신입생과 함께 주택가 골목으로 들어선다. 몇 시간 전의 환한 햇살은 온데간데없고, 하늘은 다시 흐리고 기온은 떨어져 있다. 눈이 녹은 흙탕물로 얼룩진 부츠, 한 발자국쯤 옆에는 낡고 지저분한 남색 스니커즈, 발이 시릴 것 같은 신발이다.

첫 번째 방, 202호.

"부동산에서 왔는데요. 잠깐 방 좀 볼게요."

어제 오후에도 손님을 데리고 이 원룸 건물 202호에 다녀간 참이다. 전화를 끊고 신입생과 함께 계단을 오른다.

"좀 급한 물건이에요. 1,000에 30. 세입자가 계약 기간 전에 방을 빼야 되는 상황이라."

어제 오후에 방을 본 손님은 K전문대 2학년이라는 여학생 둘이었다. 함께 살 거냐는 질문에 분명하게 답을 하지 않았다. 방을 보고 난 후 둘 다 내키지 않는 표정이었다. 그들은 내게 말하지 않고 서로에게 소곤거렸다. 한쪽이 "존나 갑갑해 보여"라고 말하자, 다른 한쪽이 "헐, 완전 쩐다" 하고 말했다.

202호, 타이트한 흰색 트레이닝 바지를 입은 여자가 무표정한 얼굴로 현관문을 열어준다. 방금 전 머리를 감은 모양인지 긴 머리채를 흰 수건으로 둘둘 감싸고 있다. 나로서는 네 번째 방문, 이 방의 냄새를 알고 있다.

26,446제곱미터, 8평. 좁기도 하거니와 이런저런 물건들이 발 디딜 틈 없이 꽉 찬 방이다. 싱글 사이즈치고는 꽤나 큰 침대가 있고, 빽빽하게 옷들이 걸린 대형 행거가 벽 한쪽을 전부 차지하고 있다. 거기에 서랍장과 화장대와 텔레비전과 냉장고와 앉은뱅이 탁자. 전신거울과 트위스트 운동기구와 선풍기 모양 전기난로. 화장

대 위에는 스무 가지쯤 됨직한 화장품, 전자레인지 위에는 인스턴트커피와 콘플레이크 상자와 키친타올과 살충제와 튤립조화가 꽂힌 화병, 침대 위에는 이불과 담요와 베개와 쿠션과 후드점퍼와 고양이 봉제인형. 앉은뱅이 탁자 위에는 놓인 물건들이 매번 다르다. 오늘은 휴대전화 충전기, 피자집 전단지, 머리빗과 헤어드라이어기, 텔레비전 리모컨, 머그잔과 티스푼, 빈 생수병, 안경집, 가죽장갑 한 짝, 담배와 라이터, 노트북컴퓨터, 몇 종류의 공과금 고지서가 놓여 있다.

"좀 들어갈게요."

나는 가죽 롱부츠와 에나멜 하이힐과 컨버스 운동화와 통굽 슬리퍼 사이에서 엉거주춤 신발을 벗는다. 현관은 신입생과 둘이 함께 서 있기가 불가능할 정도로 비좁다. 현관 벽에는 천으로 만든 다섯 칸짜리 벽걸이 신발장이 걸려 있고, 칸칸마다 두 켤레씩 신발이 들어차 있다.

신입생은 부동산에 처음 들어섰을 때보다 훨씬 더 난감한 표정이다. 그는 처음 집을 구하러 온 것이기에 앞서, 처음 여자가 혼자 살고 있는 방에 들어선 것일지도.

"들어와서, 보세요."

202호 여자가 신입생을 빤히 쳐다보며 말한다. 젖은 머리에 수건을 두른 모습이면서도 전혀 개의치 않아 하는 태도다. 목이 늘어난 헐렁한 반팔 티셔츠가 여자의 길고 가는 팔을 돋보이게 한다. 올 때마다 난방이 과하다.

"K전문대 학생이에요. 요번에 신입생."

나는 부러 목소리를 높인다. 신입생이 여자로부터 시선을 거뒀지만, 다른 곳을 보면서도 계속 여자를 보고 있기 때문이다.

신입생도 마지못해 신발을 벗고 방 안으로 들어선다. 그러나 한 발자국도 떼지 못한다. 싱크대와 가스레인지 쪽을 바라보지만, 수도꼭지를 돌려 수압을 확인한다거나 가스레인지가 옵션에 포함되어 있는지를 묻거나 할 엄두를 내지 못한다.

사실 집을 본다는 것이 거의 불가능한 집이다. 여자와 여자의 물건들을 볼 수 있을 뿐이다.

집주인 아주머니가 계약서를 보여준 터라 나는 202호

여자가 스물여덟 살이란 것을 알고 있다. 여자는 계약기간을 반도 채우지 못하고 이사를 가려 하고 있었다. 당연히 집주인과 곱지 않은 말이 오가며 실랑이가 있었다. 내가 손님을 모시고 언제쯤 집을 보러 가면 좋을지를 묻자, 여자는 "6시 전에는 집에 있으니 아무 때나 와요, 출근은 저녁때 하니까"라고 말했다.

"욕실도 한번 보세요."

내가 신입생에게 말한다.

"어, 화장실은 지금 안 되는데."

202호 여자가 말한다.

"안 돼요?"

내가 되묻는다.

"안 돼요, 지금 좀……."

202호 여자가 갑자기 신입생을 향해 이해할 수 없는 야릇한 미소를 지어 보인다. 그저 장난일 뿐이라며 잠시 알몸이라도 보여줄 것 같은 미소다.

여자의 휴대전화가 울린다. 여자는 침대 위를 한참 뒤적거리다 쿠션 밑에서 전화기를 찾아낸다.

두 번째 방, 505호.

"아무래도 비어 있는 집 보시는 게 나을 거예요."

나는 신입생과 함께 '스타빌'의 엘리베이터에 오른다.

202호를 나온 후 나는 신입생이 그대로 돌아가 버릴 거라 생각했다. 그러나 신축매물을 보지 않겠느냐는 내 제의에 그는 고개를 끄덕였다. 더 이상 쩔쩔매듯 난감해하는 표정은 아니었다. 그렇다고 대단한 흥미나 의욕이 생긴 것 같지도 않았다. 왼쪽 눈썹 속에 숨어 있는 쌀알만 한 점은 좀처럼 보이지 않았다.

스타빌은 이 부근에서 가장 시설이 좋은 주거형 오피스텔이다. 5층 스물세 가구. 경비실과 지하주차장도 있다. 지난 가을 완공해 입주를 시작한 후 10평 이하의 집은 모두 단기간에 세입자가 들었다.

505호. 나는 디지털 도어록의 비밀번호를 누른다. 505호는 근처 몇몇 부동산과 함께 스타빌의 모델하우스처럼 이용하는 빈집이다. 전자음과 함께 잠금장치가 해제된다. 나를 따라 신입생도 505호 안으로 들어선다. 현관 턱에 실내용 슬리퍼 두 켤레가 가지런히 놓여 있다. 나와 신입생은 다시 신발을 벗는다.

"천천히 보세요. 신축이 좋긴 좋죠. 깨끗하고."

202호에서와는 달리 신입생은 성큼성큼 안쪽으로 들어가 고개를 좌우로 한껏 두리번거리다 505호는 그 누구의 소유인 물건도 없이 텅 비어 있다. 빈 공간을 채우고 있는 것은 어떤 산뜻한 기대나 쾌적한 가능성.

"아, 저기는……?"

대단한 발견이라도 한 것처럼, 신입생이 손가락을 뻗어 위쪽을 가리킨다.

"여긴 복층 구조예요. 복층까지 해서 12평. 월세로 나와 있는 건 요 아래 301혼데, 9평이고요. 여기랑 구조가 똑같고 위에 복층만 없다고 생각하시면 돼요."

"올라가 봐도 되나요?"

복층으로 향하는 좁은 계단 앞에서 신입생이 묻는다.

"그럼요. 대부분 그 위에다 매트리스를 두고 침실로 쓰죠. 복층이 인기가 좋아요."

신입생이 복층으로 올라간 사이, 나는 505호의 커다

란 창문 밖을 내다본다. 흐린 하늘, 멀찍이 K전문대학의 본관 건물이 보인다. 505호의 공기는 202호보다 엷고 부드럽다. 그리고 서늘하다. 언제까지나 덥혀지지 않을 냉장식품 같은 공기.

"얼마죠, 여기는?"

복충에서 내려와 신입생이 다시 묻는다. 그는 505호를 아주 마음에 들어 하는 눈치다. 그러나 어른 남자가 아닌 소년으로 마음에 들어 하고 있는 것이다.

"보증금 2,000에 월세 50. 관리비 5만 원 따로 있고요. 요 아래 301호는 2,000에 40. 이 건물 작은 평수는 세가 나오면 금방금방 빠져요."

"……."

어린 남자는 소년처럼 풀이 죽은 표정을 감추지 못한다.

"신축이라, 세가 좀 세죠. 방향도 정남향. 그래도 뭐 보시다시피 워낙 시설이 잘 돼 있어서. 완전 '빌트인 풀 옵션', 지금 당장 옷가방만 가지고 이사 들어와도 생활하는데 크게 불편할 게 없을 거예요."

"빌트인 풀 옵션."

신입생은 마치 처음 들어보는 외국 배우의 이름을 발음하듯 말한다.

"저쪽 주방에 냉장고, 전기오븐, 드럼세탁기 다 있죠. 이쪽 붙박이 옷장 수납장 넉넉하고, 텔레비전, 에어컨도 다 옵션에 포함된 거예요. 아까 본 집하곤 차원이 다르죠. 여기 탁자랑 의자도. 인터넷 전용선도 있으니 컴퓨터만 연결하면 바로 쓸 수 있을 거예요. 화장실도 한번 보세요. 샤워 부스도 있고, 참, 여기 비데가 있었나?"

나는 마치 그 모든 것들을 내가 직접 마련하기라도 한 것처럼 굴고 있다.

"이것들을, 그냥 다 쓸 수 있다는 건가요?"

"그럼요. 그러니까 빌트인 풀 옵션."

"……."

신입생의 얼굴. 계부를 따라 처음 S동의 오피스텔 이곳저곳을 돌아보던 1년 전 이맘때의 내 얼굴.

세 번째 방, B101호.

"다가구주택 반지하 집인데요. 좀 좁다 싶어도 방이 두 개, 관리비 따로 없고, 외려 원룸보다 나을 수 있어요. 500에 40, 일단 보증금이 저렴하죠. K전문대 학생들 보니까, 룸메이트 구해 세를 같이 나눠 내기도 하더라고요. 남학생이니까 반지하라 해도 크게 위험할 건 없고. 바로 사흘 전에 나온 집인데, 집주인이 좀 급한 눈치더라고요. 얘기 잘되면 월세를 35나 30쯤으로 깎아달라 해볼 수 있을 거예요."

나는 거짓말을 하고 있는 것이 아니다. 지난 1년, 손님들과 함께 집을 둘러볼 때면 늘 비슷비슷한 얘기를 해왔다. 그러나 지금, 어쩐지 늙은 여배우가 되어 닳고 닳은 연기를 하고 있는 것만 같다.

B101호의 현관문에는 호수 표찰이 붙어있지 않다. 1층 입구의 철제 우편함에 검정 매직글씨로 'B101'이라 쓰여 있을 뿐이다.

나는 견출지 숫자 9번 열쇠로 B101호의 문을 연다. 열쇠구멍도 문손잡이도 녹이 슬었는지 뻑뻑하기만 하다. 바깥보다 훨씬 어두운 실내. 나는 현관 옆 벽면의 전등

스위치를 누른다. 그 옆의 스위치까지 눌러보지만, 어떤 전등에도 불이 들어오지 않는다.

"누전차단기가 내려간 건가."

신입생을 내 집에 들이기라도 하듯, 나는 왠지 무안해져 혼잣말처럼 중얼거린다.

신입생과 나는 신발을 신은 채 집 안으로 들어선다. 집 안이 어둡기 때문만은 아니다. B101호의 내부는 몹시 지저분하고 음산하다. 가뜩이나 낡고 더러운 집을 청소마저 제대로 하지 않고 이사를 나간 탓이겠지만, 그보다는 뭔가 불길하고 꺼림칙한 느낌이 들기 때문이다. 이 집에서 끔찍한 범죄가 일어났던 건 아닐까, 이 집에 살았던 사람들에게 불운한 비극이 닥쳤던 건 아닐까, 범죄영화나 공포영화의 촬영을 위해 일부러 만들어 놓은 세트장 같은. 지하실 특유의 습한 냉기가 옷 속으로 파고든다.

B101호는 계부 혼자 확인하고 접수했다. "반지하는 무슨, 거의 완전히 지하에 곰팡이투성이고. 서향이라 대낮인데도 굴속처럼 컴컴해. 월세 40을 어떻게 받겠다고."

계부는 그렇게 말했다.

언제 이사를 나간 것인지, 왜 다음 세입자가 결정되기 전에 집을 비운 것인지. 신입생은 다시 입을 굳게 다물고 있다. 주위가 어두워 검정 뿔테 안경 속 눈매가 거의 보이지 않는다.

유행이 한참 지난 디자인의 낡은 부엌 가구. 싱크대는 곧 주저앉을 것처럼 기울어져 있다. 뒤틀린 문짝과 서랍은 제대로 닫히지 않는다. 가스레인지가 놓였던 자리 주변엔 온통 문신처럼 눌어붙은 기름때. 손가락이 닿는 곳곳 불쾌하게 끈적거린다. 개수대에 물기가 없음에도 역한 하수 냄새가 올라온다. 수도꼭지를 돌려볼 엄두가 나지 않는다.

"아이가 살았었나 봐요."

작은 방의 문을 열며 신입생이 말한다. 505호의 복층과는 또다른 발견. 방문 앞뒤로 한글과 알파벳, 아라비아 숫자를 익히는 유아용 글자판이 붙어 있다. 아이가 글자와 숫자를 전부 익혔기에 저것을 떼어가지 않은 걸까. 옷장이 놓였을 법한 방의 안쪽 벽면엔 곰팡이가 가득 피어 있다. 신입생과 나는 다른 방의 문을 연다.

　제법 큰 방, 가로로 긴 모양의 창문이 천장과 맞닿아 있다. 계부 말대로 '반'지하라는 말이 무색하다. 유리에는 온통 뿌연 먼지 얼룩. 나는 팔을 뻗어 창문을 열어본다. 잘 열리지 않는다. 섀시 창틀은 제발 자기를 건드리지 말라고 히스테리를 부리듯 끼익끼익 비명을 내지른다. 겨우 한 뼘쯤 열린 창문 밖으로 다가구주택 앞에 주차된 자동차의 타이어가 보인다. 방범 창살은 대번에 감옥을 연상시키지만, 그것을 입 밖에 낼 수는 없다. 열린 창문을 다시 닫으려 손아귀에 잔뜩 힘을 준다. 창문은 꼼짝하지 않는다. 굳이 열어볼 필요가 없었다는 것을 안다. 왠지 모를 낭패감에 등줄기에 땀이 솟는다.

　"제가 닫아 볼게요."

　신입생이, 어른 남자처럼 말한다.

　내가 엉거주춤 물러서자 그가 다가와 팔을 뻗는다. 어렵게, 요란하게, 그러나 다행히 창문이 닫힌다.

　화장실 앞, 이제 문을 열면 박쥐 떼라도 쏟아져 나오는 게 아닐까 하는 기분이 들 정도다. 나는 이미 계약이

결정되면 집주인이 도배는 새로 해줄 거예요, 라든지 인
터넷을 보면 요즘 청소 대행업체 그렇게 비싸지 않더라
고요, 라는 등을 말할 타이밍을 잃은 셈이다. 전등이라
도 켜졌다면 좀 나았을지.

B101호의 화장실문을 열자, 박쥐 대신, 신입생과 내가
있다. 지금껏 본 거울 중 가장 어둡게 얼룩진 거울, 세면
대 거울 속에 나와 신입생의 모습이 유령의 그림자처럼
어른거린다. 어린 남자와 어린 여자다.

"악!"

다급히 손으로 입을 막지만, 나는 비명을 지르고 만다.

세면대 아래, 금이 간 타일 바닥에 놓여 있는 둥근 것
은, 수건 뭉치다. 아니 걸레 뭉치다. 그러나 그것이 해골
비슷한 것으로 보였다 해서 나를 나무랄 사람은 없을 것
이다. 그러나 역시 비명까지는 지르지 않는 편이 좋았을
것이다. 세면대 아래 그것이 수건인지 걸레인지 굳이 확
인해볼 이유는 전혀 없다. 화장실 문을 닫자 어둡게 얼룩
진 거울 속 어린 남자와 어린 여자가 모습을 감춘다.

미리 마련된 보증금도 없이, 다달이 감당할 월세도 없

이, 정말 세를 얻을 생각도 없으면서, 부동산을 통해 난생 처음 셋집을 알아보는 시늉을 한 어린 남자는 조금 어른 남자가 된 것일까. 그 모두를 눈치챘으면서도 노회한 업자처럼 굴며 몇 군데나 셋집을 소개한 어린 여자인 나는 어른 여자인 걸까.

B101호를 나오자 거리는 어느새 어두워져 있다. 지하와는 다르게 어두워져 있다. 그리고 춥다. 찬바람이 불고 녹았던 눈이 다시 얼어붙는다. 아직은 어림없지, 그런 느낌으로 춥다.

신입생의 낡고 더러운 스니커즈가 무심히 바닥을 두드린다. 두 손은 점퍼 주머니에, 202호에서와는, 505호에서와는, B101호에서와는 또 다른 얼굴. 그가 내게 묻는다.

"방을 구하면 돈을 얼마 내야 되는 거죠?"

"여기, 월세요?"

"아뇨, 부동산 요금……."

"아, 복비요."

"복비."

"중개수수료라고 해요. 임대차의 경우 보증금의 0.3퍼센트에서 0.5퍼센트, 법으로 그렇게 정해져 있어요. 5,000만 원 전세라고 하면 20만 원쯤 된다고 보시면 돼요."

"몰랐어요."

"……"

중개수수료가 존재한다는 것에 대해서? 아니면 그런 계산법에 대해서? 나 역시 1년 전에는 결코 알지 못했던.

검정 뿔테 안경과 앞머리가 갈라진 사이, 바람결에 왼쪽 눈썹이 드러난다. 사마귀처럼 솟은 쌀알만 한 점은 보이지 않는다. 분명히 보았지만, 어쩌면 잘못 본 것일지도.

골목길을 벗어나 간판에 불을 밝힌 상점들이 늘어선 도로변에서 신입생은 나와 반대 방향으로 걸어간다. B101호의 화장실, 거울 안에 남자와 함께였던 적은 처음이다.

2

새벽 2시 14분.

밤의 시간은 1초씩, 1분씩 흐르지 않는다. 아니, 밤의 시간은 '흐르지' 않는다. 흐르는 것은 낮의 시간이다. 밤의 시간은 웅덩이처럼 고인다, 이슬처럼 맺힌다, 안개처럼 퍼진다. 중요한 물건을 잊고 오기라도 한 것처럼 서둘러 되돌아가기도 하고, 해안가 파도타기를 하는 서퍼를 노리듯 불쑥 솟아오르기도 한다.

나는 밤의 시간 안에 있다. 이삿짐 박스처럼 가득 채우는 시간, 영수증처럼 무심히 구겨지는 시간, 빈 시소처럼 갑자기 기울어지는 시간, 낮 동안 흐른 시간을 잼처럼 저어 묵처럼 굳히는 시간, 밤의 시간.

새벽의 편의점은 환하게 빛나는 밤의 항구다. 나는 그곳에서 초콜릿바와 캔커피와 견과류 믹스를 산다. 피스타치오와 아몬드와 해바라기씨를 우물거리며 나는 2월의 새벽 거리를 걷는다. 도로의 빈 택시들이 속도를 낸다. 꺼진 가로등이 하나도 없다는 것은 새삼 놀라운 일이다.

나는 신입생이 걸어간 방향으로 얼마간 걸어가 본다. 버스정류장에서 그가 탔을지 모르는 다섯 개의 버스 노선표를 살펴본다. 그는 버스를 타지 않았을 수도 있다. 도착하는 버스가 없으므로 버스를 기다리는 사람도 없다. 버스를 기다리는 사람이 없으므로 도착하는 버스가 없는 것일 수도. 나는 초콜릿바의 포장지를 벗기고 발걸음을 돌린다. 고무밑창을 덧댄 투박한 디자인의 방한부츠, 나는 겨우내 이 부츠를 신고 용케 미끄러지지 않고 이 일대를 걸어다녔다. 많은 낮과 많은 밤이 그렇게 흘렀다. 아니, 흐르지 않았다. 밤은 고이고 맺히고 퍼지고 되돌아가고 솟아올랐다.

누군가 나를 본다면, 나는 그저 하나의 검은 덩어리로 보일 것이다. 나는 그저 하나의 검은 덩어리로 보이는 커다란 검은 외투를 입고, 그 외투에 달린 커다란 검은 모자를 덮어 쓰고 밤의 거리를 걷는다. 커다라 주머니에는 언제나 편의점의 음식들. 그것들을 만지작거려 차갑거나 따뜻하거나 끈적이거나 가슬가슬한 손가락. 그저 하나의 검은 덩어리로 보이는 까닭인지, 밤의 거대한 반죽에서 떨어져 나온 한 점 부스러기로 보이는 때문인지, 반년쯤 이어진 밤의 산책길에서 내게 위협을 가해오는 것은 아무것도 없었다.

202호에는 불이 켜져 있다. 저녁 6시에 출근했던 여자가 조금 전 퇴근했기 때문이다. 여자의 모습을 목격한 것은 아니지만, 여자가 귀가한 것이 얼마 되지 않았음은 알 수 있다. 하이힐을 또각거리며, 가늘고 긴 팔을 흔들며, 새 남뱃갑의 포장을 뜯으며, 여자가 골목길에 흘리고 간 것들이 아직 사라지지 않고 남아 있다. 빠르게 텔레비전 리모컨을 눌러대는 모양인지 방 안의 불빛이 어지럽게 일렁인다. 보름 전 새벽 처음 이곳에 왔을 때, 불쑥 202호의 창문이 열리고 한 남자가 상체를 내밀고 담배에 불을 붙였다. 남자는 나를 발견하지 못했고, 불이 붙은 꽁초를 공중으로 던진 후 창문을 닫았다.

원룸 건물의 출입구 유리문에는 'CCTV 촬영중'이란 아크릴 팻말이 붙어 있다. 거짓말이다. CCTV는 없다. 작년 봄 바로 옆 빌라에 도둑이 든 후 101호와 201호와 301호의 월세를 받는 집주인이 직접 구입해 붙였다고. 근처 원룸과 빌라 여러 곳에 같은 문구가 적힌 팻말이 붙어 있다. 전부 거짓말을 하고 있는 것은 아니겠지만, 꽤나 많은 곳이 CCTV 없이 팻말만을 붙여 놓았을 것이다. 팻말을 보며 도둑들은 무슨 생각을 할까.

지금 전화를 걸어 방을 보러 왔다 해도 202호 여자는 순순히 문을 열어줄 것만 같다. 조금도 당황해하지 않으며 집을 보러 온 사람을 빤히 쳐다볼 것만 같다. 여자의 앉은뱅이 탁자에는 젖은 수건과 헤드셋이 꽂힌 전화기와 위장약 파우치와 빈 맥주캔과 카드 지갑과 복권 몇 장, 그리고 담뱃재와 감자칩 부스러기. 냉장고 속에는 유통기한을 넘긴 우유, 화장실 안에는 물때가 낀 세면대. 야릇한 미소를 지으며 화장실을 열어보는 것은 곤란하다 말할 것 같은 여자는 자신이 밤의 인간임을 잘 알고 있다. 매일 정오가 다 되어서야 일어나는 것에 죄책감을 느끼지 않는다. 여자에게는 밤이 되어야만 용납할 수 있는 것들이 너무나 많다. 보름 전 밤 이 건물에 불이 켜진 방은 세 곳이었지만, 오늘은 202호뿐이다. 잠수함처럼 무겁게 가라앉는 침대, 여자는 몹시 지쳐 있다. 문득 모든 것에 신물이 나고 몸을 가눌 수 없이 무력해진다. 답하지 않은 문자메시지를 되뇌어 본다. 202호에 불이 꺼지기 직전의 시간.

새벽 3시가 가까운 시간임에도, 스타빌에는 여섯 집이나 불이 켜져 있다. 빛의 밝기와 색감이 조금씩 모두 다르다. 나흘 전 밤 이곳에 왔을 때, 턱 끈이 달린 헬멧을 쓰고 등판에 '24시 야식배달'이란 글자가 찍힌 조끼를 입은 남자를 보았다. 스타빌의 입구를 나선 남자는 낡은 스쿠터에 오른 뒤 탁한 엔진소리를 울리며 어디론가 사라졌다. 그도 그저 하나의 검은 덩어리로 보일 뿐이었다.

당연하게도 한밤중 스타빌 505호에 불이 켜져 있던 적은 없다. 신입생과 함께 지금 505호를 방문한다면, 그는 여전히 505호를 마음에 들어 할까. 2,000만 원의 보증금과 50만 원의 월세가 있다 해도 그는 여전히 505호를 마음에 들어 할까. 밤의 집은 낮의 집과 다르다. 빌트인 풀 옵션의 편리함은 밤에도 유효하다. 505호의 실내는 여전히 산뜻하고 쾌적할 것이다. 그러나 한밤중 드럼세탁기가 돌아가는 소리는, 자동센서로 불이 켜지는 현관은, 복층으로 올라가는 계단 위에 떨어진 머리카락은 모두 낮의 그것과는 다른 그것이다.

나는 편리하고 쾌적한 스타빌을 뒤로 하고, 불 꺼진 505호를 뒤로 하고, 다시 밤의 어두운 골목길을 걷는다.

거주자 우선 주차구역, 재활용품 배출 요일 안내, 잃어버린 개를 찾습니다. 명품 아웃도어 눈물의 고별전 90퍼센트 초특가 세일, 주민센터 문화교실 회원모집, 대문 손잡이에 매달린 녹즙 배달주머니, 수많은 잔가지를 뻗고 얼어 죽은 것처럼 서 있는 담장 안의 나무, 대형폐기물 수거 스티커를 붙이고 전봇대에 비스듬히 세워진 침대 매트리스, 비행접시처럼 떠 있는 옥상 위 위성방송 안테나. 그 모두가 낮의 그것과는 조금 다른 그것이 되어 있는 밤의 어두운 골목길.

그리고 주차된 자동차 밑으로 빨려 들어가듯 몸을 숨기는 고양이, 고양이의 그림자, 그림자의 고양이, 섬뜩하게 반짝이는 작고 둥근 밤의 눈동자.

낮은 비둘기의 시간이고, 밤은 고양이의 시간이다. 그토록 수선스럽고 부주의하고 게걸스러운 낮의 비둘기들은 지금 모두 어디에 있을까. 둥지도 없이 모두 어디에서 잠들어 있을까. 고양이의 시간, 지난 가을의 어느 밤, 나는 발정 난 암고양이 한 마리를 차지하기 위해 두 마리의 수고양이가 벌이는 기나긴 쟁탈전을 지켜본 일이 있다. 그것은 너무나도 잔인하고 처절한 싸움이었다. 거침없이 이빨을 드러내고 한껏 털을 곤두세우고 미친 듯이 쫓고 쫓기며 진저리 쳐지도록 집요하게 울어대는 고양이의 시간. 왜 낮이 아닌.

나는 B101호가 있는 다가구주택 앞에 도착한다. 불이 켜진 창은 한 곳도 없다. B101, 101, 102, 201, 우편함은 네 곳, 전기요금 고지서가 꽂혀 있는 곳은 102호, 우편함 옆 벽면에는 중국집과 치킨집 전단지. 주인집인 201호의 출입구는 따로 있다. 건물의 측면 B101호와 101, 102호가 사용하는 출입구에는 유리문이 따로 없다. 나는 신입생과 함께였을 때처럼 그곳을 통과한다. 그리고 최대한 발소리를 죽여 지하로 내려가는 계단을 밟는다. 나는 도둑처럼 움직인다. 열쇠가 돌아가는 소리, 현관문이 열리는 소리, 조용한 어둠 속에서 유난히 크게 들리지만, 나는 이미 이런 것에 대담해져 있다.

B101호의 현관문을 닫고 커다란 외투의 커다란 주머니 안에서 손전등을 꺼낸다. 캄캄한 어둠이 다소 물러나지만, 밝은 안도감이 생겨나는 것은 아니다. 불길하고 꺼림칙한 느낌은 여전하다. 나는 이번에도 신발을 신은 채 B101호 안으로 들어선다. 손전등 불빛이 가장 먼저 닿은 곳은 방문에 붙어 있는 유아용 글자판. ㅅ은 사과, ㅇ은 아기, ㅈ은 자동차.

나는 부엌 싱크대 앞으로 다가간다. 그리고 커다란 외

투의 커다란 안주머니에서 종이타올과 물티슈와 아세톤을 꺼낸다. 쓰레기를 담을 검정 비닐봉투도 꺼낸다. 찌든 기름때를 닦아내는 데는 손톱의 매니큐어를 지우는 아세톤이 가장 효과적이라는 것을 그간의 경험으로 알고 있다. 뒤처리가 가장 빠르고 간편한 방법이기도 하다. 나는 종이타올에 아세톤을 흠뻑 묻힌다. 톡 쏘듯 차가운 향이 코를 찌른다. 더럽고 끈끈한 막에 겹겹 코팅이 되다시피 한 싱크대와 선반을 닦기 시작한다. 종이타올 가득 새카만 때가 묻어난다. 닦아낸 곳과 닦아내지 않은 곳의 색깔이 확연히 달라진다. 더럽게 구겨진 종이타올이 금세 수북이 쌓인다. 나는 그것들을 비닐봉투에 담고 다시 새 타올에 아세톤을 듬뿍 적신다.

불길하고 꺼림칙한 느낌. 끔찍한 범죄나 불운한 비극. 밤의 시간, B101호는 낮과는 다른 얘기를 중얼거리고 있다. 나는 잠시 손전등을 등 뒤로 비춰본다. ㅓ는 거울, ㅕ는 여름, ㅜ는 구름, ㅠ는 유리. 말갛게 세수를 한 것처럼 깨끗해져가는 싱크대.

이 집에서, 누군가는 누군가를 향해 고함을 치고 욕설

을 퍼붓고 물건을 집어던졌다. 누군가는 누군가로 인해 공포에 질리고 말문이 막히고 방문을 잠가버렸다. 누군가는 밤새 고열에 시달렸고, 누군가는 바닥을 기어가는 벌레를 향해 슬리퍼를 내리쳤고, 누군가는 빚 독촉 전화를 받지 않으려 텔레비전 볼륨을 크게 높였다. L은 love, M은 mommy, N은 night.

마지막으로 아세톤을 물티슈에 묻혀 손가락에 엉긴 검댕을 닦아낸다. 손끝이 차갑고 건조하고 아리다. 나는 더러워진 종이타올로 가득 찬 비닐봉투를 꾹꾹 눌러 작게 뭉친다. 가져온 것들을 모두 커다란 외투의 커다란 주머니에 쑤셔넣는다.

다시 화장실 앞, 문을 열지는 않는다. 밤의 나는 낮의 내가 아니므로 비명을 지르거나 하지는 않을 것이다. 그러나 다시 화장실문을 열지는 않는다. B101호, 오늘밤 이 집이 내게 허락해주는 것은 여기까지라는 것을 안다.

새벽 3시 27분. 이제 조금 졸린 듯도 싶다.

3

내가 〈아침부동산〉에서 일하게 된 이래 계부는 틈틈이 Y동과 S동 일대에 대해 많은 얘기를 들려주었다. G구는 서울 토박이인 계부의 고향이기도 했다.

과거 오랫동안 Y1동과 Y2동은 행정구역상 Y동 한 동으로 묶여 있었다. 〈아침부동산〉은 Y1동 서쪽 경계 부근 주택가에 위치해 있었다. 버스 두 정거장 거리 K전문대가 있는 곳은 Y2동이었다. 30여 년 전 작은 건물 한 동으로 개교한 전문대학이 그럴 듯한 현대식 건물 세 동과 체육관을 갖추는 동안에도 정작 Y동에는 이렇다 할 큰 변화가 찾아오지 않았다고 한다. Y동은 '이 동네는 예나 지금이나 거의 변한 게 없네'라는 말을 듣는 서울의 몇 안 되는 동네 중 하나였다. Y동을 결코 부촌이라 할 수는 없었지만, 낙후된 달동네라고는 더더욱 할 수 없었다. 둘 중 하나였다면 Y동은 아주 많은 변화를 겪었을 거라고 계부는 말했다. 계부는 Y동 토박이 주민들에 대해 서민에 가까운 중산층, 중산층에 가까운 서민이란 표현을 썼다. 마치 그렇게 타고나기라도 했다는 듯 느리고 조용한 동네였다. 나는 거북이나 코끼리 같다는 생각을 했다. 거북이나 코끼리의 느림과 조용함을 굼뜨고 미련한 것이라 깎아내릴 수 없듯이, Y동의 공기 속에는 함부로 대하기 어려운 고집과 자존심 같은 것이 녹아 있는 듯했다. 거북이나 코끼리를 닮은 동네, 그러나 그것은 달리 말해 활기찬 소란스러움을 찾아볼 수 없다는 뜻이기도 했다. 계부의 설명대로 Y동은 확실히 낡고 정체된 동네라는 인상을 주었다. 오래된 골목 안쪽에는 그리 크지 않은 평수의 단독주택들이 많았고, 눈에 띄지 않는 속도로 늘어난 다세대주택들이 이제 그보다 많아진 형

편이었다. 동이 두 개로 분리된 후에도 Y1동은 Y동 특유의 모습을 상당 부분 유지하고 있었다. 그러나 Y2동은 사정이 달랐다. 더 이상 거북이나 코끼리를 운운하는 것은 무리였다. Y2동에 다섯 동짜리 고층 아파트단지가 들어선 것에 대해 Y1동 토박이들은 아직까지도 Y동과는 어울리지 않는 변화로 여긴다고 했다.

"너, 상전벽해라는 말 알아?"

계부의 질문에 나는 바로 인터넷을 검색했다. 알고 있는 사자성어가 하나도 없는 것은 아니었지만, 상전벽해는 알지 못했다. 뽕나무밭과 바다라, 왜 하필 뽕나무밭일까 계부에게 묻고 싶었지만 계부는 쉼 없이 말을 이어갔다.

바로 그 상전벽해라 할 만한 변화를 겪은 곳은 다름 아닌 S동이었다. S동이 오래전부터 교통의 요지이자 번화한 상업지구였던 것은 분명하지만, 지난 10년 유독 개발 붐이 일었다. S동의 부동산 가격은 서울 전체에서도 손에 꼽힐 정도로 고공 행진을 기록했다고. S전철역이 환승역이 된 직후 지하 역사와 통로가 연결된 멀티쇼핑몰이 문을 열었다. 대형마트, 아울렛의류매장, 복합상영관, 예식장, 피트니스클럽, 24시 사우나 등이 입점한 대형 쇼핑몰이었다. 특정 업종에 입주 혜택을 주는 사무실과 오피스텔 단지도 생겨났다. 지루하고 험악한 재건축 실랑이 따위는 전혀 없었을 것만 같은 화려한 외관의 레지던스호텔과 주상복합아파트들이 우후죽순 뒤를 이었다. 사람들은 S동의 스카이라인이 완전히 달라졌다고 입을 모았다.

"우후죽순은 알지?"

"어……, 빨리빨리 생기는 거요."

나는 자신이 없어 다시 인터넷을 검색했다. 이번엔 뽕나무밭이 아닌 대나무밭이었다. 정작 내가 물어보고 싶은 말은 스카이라인이었다. 계부의 말에 귀를 기울이며 슬며시 스카이라인을 검색하자, 뉴욕의 빌딩숲 사진이 모니터 화면에 떴다.

계부가 동업자와 함께 운영하는 〈굿모닝공인중개사 사무소〉는 바로 그 S동 한복판의 오피스텔에 위치해 있었다. 그 일대 부동산들에서 경쟁적으로 만들어 뿌리는 광고전단지에는 'G구 최고의 노른자위', '대세 S동이 뜬다', '새로운 투자의 메카' 등의 문구가 커다랗게 인쇄되어 있었다.

Y동의 변화는 그런 S동의 영향 때문이었다. K전문대학 부근을 중심으로 소형 평수의 원룸건물이 앞다퉈 지어졌다. 낡은 단독주택이나 다가구주택이 헐린 집터에서는 어김없이 원룸 신축공사가 한창이었다. 기숙사가 따로 없는 K전문대 학생들 말고도 새로운 거주자들이 대거 신축 원룸에 세를 얻어 살기 시작했다. 그들은 S동으로 출퇴근을 하는 독신 직장인들이었다. 새로운 거주자들의 등장에 맞춰 편의점 빨래방 테이크아웃카페 배달음식점 등의 상점들도 늘어났다. Y동의 집값은 S동과 가까운 거리일수록 오르는 추세였다. 〈아침부동산〉은 S전철역과 버스로 여섯 정거장 거리에 있었다.

계부의 세세한 설명을 들었다고는 해도, 내가 그 모두를 파악하고 이해하는 데는 상당한 시간이 걸렸다. 시간만으로 가능한 일도 아니었다. 나는 멀리 T읍의 시외버스터미널 근처 미니슈퍼에서 나고 자랐다. T읍과 가까운 소도시 A시에서 실업계 고등학교를 졸업한 것이 나의 최종 학력이었다. 서울에 살아본 것은 초등학생 때의 4년 남짓, 결코 서울을 안다고 할 수 없었다. 부동산이나 부동산중개업에 대해서는 더더욱 알지 못했다. 〈아침부동산〉에서 일을 하기 전까지 나는 중개수수료니 취득세니 전용면적이니 임대차보호법이니 확정일자니 하는 단어를 전혀 알지 못했다. 부동산이란 단어가 '동산(動産)'이란 단어를 전제로 한다는 것 역시 마찬가지였다. 지방 출신의 스무 살 애송이인 내가 그 모두를 알 거라 기대하고 계부가 굳이 T읍까지 찾아와 상경을 제의한 것도 아닐 터였다.

어쨌든 나는 지난 1년간 〈아침부동산〉에서 일했다. 1년 동안 내가 제법 일을 잘해왔다는 것은 계부에게도 나 자신에게도 무척이나 뜻밖의 일이었다.

동업으로 문을 연 S동의 〈굿모닝공인중개사사무소〉를 겸업하기 위해 계부는 자기 대신 〈아침부동산〉에 상주할 누군가가 필요했다. 오전에 문을 열고, 청소를 하고, 사무실을 지키며 전화를 받고, 부동산정보사이트의 회원 홈페이지를 관리하고, 손님에게 매물로 나온 집을 보여주고, 계약에 필요한 서류를 준비하는 일 등등. 사회경험이 거의 없는 내게는 그런 업무조차 결코 쉽지 않은 일임을 계부는 잘 알고 있었다. 계부는 각각의 업무의 목적과 매뉴얼을 상세하게 일러주었다. 여러 번 업무 훈련을 반복했다. 접수한 매물을 확인하고 계약서를 작성하고 잔금을 처리하는 일 등은 반드시 계부가 직접 처리했다. 늦은 저녁시간이나 휴일에 손님이 있을 경우 계부가 부동산을 지켰다. 내가 긴한 일로 호출을 하면 서둘러 S동에서 Y동으로 달려오곤 했다.

계부가 정작 마음에 걸려한 것은 내가 부동산 관련 용어와 정보에 무지하다는 점이 아니었다. 이사할 집을 구하러 부동산을 찾은 손님들이 중개자로 스물한 살의 어린 여자를 만난다는 것은 무척이나 드문 일임이 분명했다. 〈굿모닝공인중개사사무소〉처럼 규모가 큰 곳이든 〈아침부동산〉처럼 작은 곳이든 마찬가지였다. 나는 대부분의 내 또래들처럼 대학생도 휴학생도 아니었다. 경리나 판매를 담당하는 말단 고졸사원이라 할 수도 없었다. 취업준비생이라거나 아르바이터는 더더욱 아니었다. 그 모두 부동산중개업소와는 어울리지 않았다. 스물한 살의 어린 여자가 손님을 상대로 지역의 학군이나 상권에 대해 설명하고, 매물로 나온 집을 보여주며 채광이 좋다느니 실평수가 넓다느니 주인과 얘기가 잘되면 얼마쯤 보증금 조정이 가능할 거라느니 말하는 모습은 확실히 낯선 풍경일 터였다. 부동산중개업자들이란 대개가 너스레를 떨고 흥정을 붙이고 비위를 맞추고 엄살을 부리고 아무 문제없을 거라 큰소리를 치는 중년들이었다. 눈치와 의뭉과 노회함이 필수인 일이었다.

"부동산은, 이거 하나만 알면 돼."

계부는 자신의 염려를 감추려는 듯 호기롭게 말했다.

"집 임자는 따로 있는 거다."

별것 아닌 듯한 말에 심오한 의미라도 담겨 있는 것처럼 비장하게 말했다. 어쨌거나 계부는 손님을 직접 상대해야 하는 내 부담을 덜어주고 싶어 했다. 자신에게 필요한 것은 단순한 도우미일 뿐이라는 점을 강조했다. 내뚱한 표정에 마음이 놓이지 않았는지, 계부는 말을 이었다.

"당장이라도 계약할 듯하다가도 엎어지는 경우가 부지기수야. 정작 그 집에 살 사람은 미리 정해져 있었던 것처럼 어디선가 불쑥 나타날 때가 많아. 집하고 사람하고도 다 인연이 있어야 한다 이거다. 안 그렇겠냐? 1년이 됐든 2년이 됐든 아님 10년, 20년, 그 집에서 밥 먹고 잠자고 똥 싸고 지지고 볶고 울고불고 부대끼며 살 건데. 집이 영 안 나간다 싶어도 언젠가 결국 임자가 나타날 거다 맘 편히 먹고 있음 돼. 세상에 다 인연이 있어야 만나는 거다."

조금 나직해진 목소리로 계부가 말했다.

"너랑 나도, 다시 이렇게 안 만났냐."

나는 엄마를, 계부는 내 엄마인 자신의 두 번째 아내를 떠올렸다. 서로가 그러하다는 것을 알았지만, 그것을 입 밖으로 내지는 않았다. 나는 계부가 내 부담을 부담스러워하는 것이 부담스러워 말했다.

"그런 건 없나요? 사자성어."

"뭐가?"

"집 임자는 따로 있다, 다 인연이 있어야 만나는 거다."

"아, 그런 거, 글쎄 뭐. 유유상종인가……."

"……."

유유상종, 그건 분명히 알고 있는 사자성어였다.

4

신입생을 만났던 날 새벽에 내린 눈은 이번 겨울의 마지막 눈이 아니었다. 3월의 첫 금요일, 이른 아침부터 눈이 내린다. 앞이 보이지 않을 정도로 함박눈이 쏟아지고 있다.

오늘도 겨우내 신었던 부츠를 신고 거리로 나선다. 투박하고 지저분한 부츠는 이제 내 발의 껍질이라도 된 것처럼 편안하고 익숙하다. 용케 미끄러지지 않고 눈 쌓인 거리를 걷는다.

아침의 〈아침부동산〉. 나는 잠긴 문을 열고, 뜨거운

코코아를 타서 컴퓨터 앞에 앉고, 계부의 짧은 전화를
받고, 청소를 한다. 청소를 마치고 다시 책상으로 돌아
와 포털사이트의 뉴스 페이지에서 눈 소식을 검색한다.
3월의 기습 폭설, 출근길 대란, 헛바퀴를 돌며 미끄러지
는 자동차, 터질듯 승객이 들어찬 지하철, 눈을 맞으며
등교하는 교복 차림의 여학생, 이번 겨울의 마지막 눈,
어쩌면 올 봄의 첫눈? 졸음이 밀려온다. 무겁게 눈이 감
긴다. 어젯밤에도 나는……

갑자기 출입문이 열리고,

"오, 여기가 좋겠네."

"아, 정말."

두 사람이 들어선다.

"젊은 아가씨가 있어."

"그러게."

"맞게 찾은 것 같지?"

"응, 드디어."

드디어? 나이가 지긋한 두 여자다. 아주머니 같기도
하고 할머니 같기도 한 두 여자. 그러나 그렇기 때문에

아주머니도 아니고 할머니도 아닌 두 여자. 계부가 일러 준 '사모님'이란 호칭도 '어르신'이란 호칭도 어울리지 않는다. 정확한 나이를 짐작하기 어려운 외모와 분위기, 두 사람에게서는 평범한 아주머니나 할머니들이 지니고 다니는 공기와 확연히 다른 공기가 느껴진다. 두 사람으로 인해 사무실 안의 공기가 달라진다. 얼마든지 그럴 수 있다는 것을, 지난 1년간 이 부동산을 지키며 알게 되었다. 나는 엉거주춤 자리에서 일어서며 두 여자를 맞는다.

"어서 오세요."

그들은 살짝 고개를 끄덕여 내 인사를 받는다. 무엇도 어색해 할 필요가 없다는 듯 여유로운 미소를 짓는다. 두 주인공으로 짝을 이뤄 오랫동안 같은 연극에 출연 중인 배우들 같다. 배우들이 막 무대에 등장했고, 아 이제 시작한다, 숨죽여 지켜보는 그런 느낌. 그들에게는 익숙하고 나에겐 낯선.

왠지 입을 뗄 수가 없다. 그들이 먼저 말을 할 때까지 기다려야만 할 것 같다. 두 여자가 미소를 띤 얼굴로 나를 바라본다. 같은 표정이다. 아니, 같은 얼굴이다. 같은 얼굴? 한쪽 얼굴이 말한다.

"아가씨가 뭔가 이상해서 그러는구나. 우리, 쌍둥이 예요."

"아."

나도 모르게 입 밖으로 나온 소리.

"예전엔 정말 완전히 똑같았는데, 이젠 늙어서 좀……."

다른 한쪽 얼굴이 상대가 알아듣지 못한 농담을 설명 해주듯 말한다. 뭔가 '시작' 버튼이 눌러진 것 같다.

쌍둥이. 나는 지금껏 내가 쌍둥이를 직접 본 적이 없다는 사실을 새삼스레 깨닫는다. 텔레비전이나 사진에서 말고 단 한 번도 쌍둥이를 직접 본 적이 없다. 그것이 그렇게까지 이상한 일은 아닐 것이다. 그러나 이상하다. 쌍둥이가 두 명의 늙은 여자일 수 있다는 생각 역시 한 번도 해본 적이 없는 것이다. 내 머릿속의 쌍둥이란 똑같은 옷을 입혀놓은 꼬마들이거나 똑같은 차림새로 똑같은 춤을 추는 소녀들뿐. 이상한 일이다. 꼬마 쌍둥이

도 소녀 쌍둥이도 결국 늙은 쌍둥이가 될 텐데, 그런 모습을 떠올려본 일이 없다. 똑같은 옷을 입지 않은, 얼핏 보아서는 알아챌 수 없는, 그러나 분명히 쌍둥이인, 그러한 두 명의 늙은 여자가 눈앞에 있다는 것이 너무나 놀랍고 이상하게 느껴진다.

"짧게 임대할 집을 찾고 있어요."

한쪽 얼굴이 말한다.

"단독주택이면 좋겠는데."

다른 한쪽 얼굴이 말한다.

장독대집, 드디어. 쌍둥이 여자들이 손님용 의자에 앉기도 전에, 나는 그들이 바로 장독대집에 살게 될 사람들이라는 것을 확신한다. 그것은 무척이나 이상한 일이지만, 3월의 첫 번째 금요일 아침 믿을 수 없을 만큼의 폭설이 쏟아진 것처럼 분명한 일이다. 드디어, 장독대집.

장독대집이란 물론 내 나름으로 붙인 이름이다. 실제 마당 구석에 장독대가 있었다. 그러나 장독대 위 크고 작은 여섯 개의 항아리 중에 성한 것은 하나도 없었다.

이가 빠진 것, 뚜껑이 없는 것, 여기저기 금이 가거나 반쯤 깨진 것, 밑바닥에 썩은 된장이 엉겨 붙은 것까지. 급히 집을 비우며 버리고 간 것이나 다름없었지만, 제대로 버려졌다 할 수도 없는 것들이었다.

좁고 지저분한 마당 전체가 장독대와 비슷한 모습이었다. 몸집이 큰 개의 것이었을 녹슨 목줄과 낡은 개집, 흙먼지를 뒤집어쓴 고무호스와 플라스틱 양동이와 슬리퍼 한 짝, 쓰레기나 마찬가지인 잡동사니가 아무렇게나 나뒹굴고 있었다. 말라죽은 화분이 여러 개, 뒤틀려 자라난 볼품없는 나무도 여럿, 이끼가 낀 담장은 검푸르게 변색되어 있었고, 현관으로 올라서는 계단참은 더는 그럴 수 없을 정도로 잘게 금이 가 있었다. 집 안의 사정도 크게 다르지 않았다.

장독대집은 빈말로라도 멋스럽고 정겹다 할 수 없는 오래된 단층집이었다. 음산하고 쇠락한 분위기의 단독주택은 요즘 추세로는 임대든 매매든 계약성사가 가장 어려운 유형의 부동산이었다.

장독대에는 이제 항아리 하나만이 남아 있다. 썩은 된

장이 엉겨 붙어 있던 항아리다. 장독대집은 매물로 나와 있는 빈집들 중 내가 처음으로 몰래 드나들기 시작한 집이다. 장독대집의 항아리는 내가 처음으로 손을 댄 빈집의 물건이다. 지난여름 장마가 끝난 직후, 나는 고무장갑을 끼고 항아리 속의 된장을 모두 긁어냈다. 썩은 된장의 냄새와 색깔은 경이롭기까지 한 것이었다. 그것이 원래 된장이었다는 것을 아무도 믿지 않을 것 같았다. 항아리에 물을 붓고 한참 수세미질을 했다. 여러 번 속을 헹궈냈다. 목덜미와 등줄기 가득 땀이 흘렀다. 깨끗이 비워낸 항아리의 뚜껑을 열고 오래도록 뜨거운 여름 햇빛을 쬐었다. 성치 않은 나머지 항아리들은 조심조심 잘게 부수었다. 부서진 조각들을 자루에 담고 다시 쓰레기봉투에 담았다. 양이 상당했다.

"더러워도 진짜 더럽게 더럽네. 아들네 전화해서 일단 청소대행업체라도 부르라고 해라. 낡아빠진 집, 그래도 나갈까 말깐데, 제값 받으려는 심보는……."

계부는 못마땅하다는 듯 그렇게 말했다. 전세매물로 나온 장독대집을 처음 함께 찾았을 때였다.

혼자된 노인이 살던 집이라고 했다. 원래는 노인 부부가 오래도록 함께 살았다고 했다. 몇 년 전 늙은 아내가 먼저 세상을 떠났고, 늙은 남편 혼자 빈집에 남았다. 뇌경색 병력이 있는 노인에게 지난봄 치매합병증이 찾아왔다. 계부는 집을 부동산에 내놓은 노인의 둘째며느리에게서 들은 얘기를 전했다.

"지방에 어디 요양시설로 보냈다더라. 큰아들네는 미국에 살고, 자식들이 여럿, 고향에 땅도 좀 있고, 영감님이 아직 죽은 게 아니니, 처리가 복잡한 모양이야. 집도 일단 세를 놓겠다는 거지. 아무튼 사람 불러 청소부터 시켜야 해. 치매 걸려 요양소 들어간 노인 이사 간 거라 할 순 없지만, 아무리 그래도 그렇지. 이렇게 더러워서야……."

얼마 뒤 처음으로 장독대집을 보게 된 손님이 있었다. 어린 남매가 있다는 30대 후반의 부부였다. 그들은 살던 아파트의 전세보증금이 감당할 수 없이 치솟자 상대적으로 보증금이 낮은 비슷한 평수의 빌라를 찾고 있었다. 그들과 같은 처지의 사람들이 많았기에 적당한 매물은

금세 자취를 감추기 마련이었다. 아파트가 아닌 곳에서 살아본 적이 없다는 아내는 가을 전에 이사를 해야 하는 상황이라며 내내 심란한 얼굴이었다.

나는 그들에게 장독대집 얘기를 꺼냈다.

"저렴한 가격에 방 세 개짜리 전세가 있어요. 단독주택이라 마당도 있고."

큰 기대는 없었다. 장독대집에 대해 사람들이 어떻게 반응할까 우선 궁금했던 것이다.

장독대집 마당에 들어서자 아내는 대번 인상을 찌푸렸다. 집 안을 들여다보고는 아예 손사래를 쳤다.

"아유, 이런 데서 어떻게 살아요. 귀신 나오겠네."

너무 노골적이어서 정말 그럴 것처럼 들리는 말이었다.

"나 어렸을 때 살던 집하고 비슷하다."

남편의 반응은 조금 달랐지만, 아내를 설득할 수 있을 정도는 아니었다. 아내는 남편의 말에 대꾸하지 않고 차갑게 굳은 표정으로 고개를 돌렸다.

"주인분이 도배는 새로 해주실 거예요."

물론 내 말에도 반응을 보이지 않았다. 아내는 심한

모욕이라도 당한 사람처럼 굴며 남편과 함께 돌아갔다. 그 정도인가, 하는 생각이 들었다.

내리던 눈이 그쳐가고 있다. 드문드문 날리는 눈송이가 공중에서 희미하게 반짝인다. 부동산을 나와 쌍둥이 여자들과 함께 장독대집으로 향한다. 계부가 가르쳐준 나이든 여자의 마지막 호칭인 '여사님'이 그나마 나을 것 같다는 생각을 하며 걷는다. 거리의 눈을 치우고 있는 사람들 곁을 지난다. 겨울의 마지막 눈, 어쩌면 봄의 첫눈.

장독대집 앞에 다다르자 눈이 멎는다. 이상한 단정이지만 내가 장독대집 열쇠를 주머니에서 꺼내드는 순간 눈이 완전히 그쳤다는 생각이 든다. 장독대집 열쇠에는 견출지가 붙어 있지 않다. 매물로 나와 있는 빈집들의 열쇠꾸러미가 아닌, 내 열쇠고리에 달려 있다. 눈 위에 찍힌 발자국이 하나도 없는, 막다른 골목 끝, 빈집의 대문이 열린다.

마당은 흰 눈에 덮여 있다. 장독대에는 하나뿐인 항아

리, 항아리 뚜껑 위에 쌓인 눈은 손가락 두 마디 정도.

"오, 좋네."

"제대로야."

쌍둥이 여사님들이 소곤거리며 그런 말을 주고받는다. 눈 쌓인 마당에 대해 말하는 것이 아니라는 것을 알수 있다.

마당을 지나 집으로 올라서는 계단을 향할 때, 나는 그제야 둘 중의 한 사람이 눈에 띄지 않게 다리를 절고 있다는 사실을 깨닫는다. 눈길을 조심조심 걷고 있을 때는 전혀 알아채지 못했다. 티를 내지 않으려 애쓰는 것이 아니라, 티가 나지 않을 정도로만 다리를 절고 있다.

쌍둥이 여사님들은 신발을 벗고 현관 턱에 놓인 실내용 슬리퍼를 신는다. 빨간 줄무늬와 파란 줄무늬의 슬리퍼 두 켤레.

문득 집 안이 환히 밝아진다. 눈이 그치고 해가 난 것이다. 커튼이 달려 있지 않은 동남향의 거실 창으로 흰눈에 반사된 햇빛이 눈부시게 쏟아져 들어온다. 그리고 나는 내 눈앞에 서 있는 두 여자의 옷차림이 무척이나 아름답다는 것을, 역시 그제야 깨닫는다.

나는 사모님이나 어르신이란 호칭이 어울리지 않는, 아주머니도 할머니도 아닌 나이든 여자들에 대해 아는 것이 없다. 쌍둥이와 쌍둥이의 옷차림에 대해서는 더욱 아는 것이 없다. 그러나 분명한 것은 내가 여사님들이라 부르기로 마음먹은 쌍둥이 두 여자의 옷차림이 무척이나 특별하고 아름답게 보인다는 사실이다.

두 사람은 서로 다른 옷을 입고 있다. 각자의 옷은 모두 각자의 몸에 꼭 들어맞는다. 단 몇 밀리미터도 과하거나 부족하지 않다. 색깔과 무늬와 촉감의 어울림은 결코 다른 것으로 대체될 수 없다. 거창하게 패션을 운운하는 것이 아니다. 짙은 보라색 손뜨개 모자, 소매와 끝단에 자수가 놓인 회색 코트, 올이 굵은 주름 스커트, 낙엽무늬 모직 숄, 검정 체크 바지, 알록달록 퀼트 손가방. 옷 그 자체를 말하는 것이 아니다. 옷과 그 옷을 입은 두 사람. 수수한 듯 멋스럽다. 진지한 듯 경쾌하다. 으스대지 않으며 겸손한가 하면 다정하고 따뜻한 자신감이 있다. 두 사람의 옷이 값비싼 고급브랜드일 거란 생각은 들지 않는다. 그들의 옷은 백화점 의류매장에서 파는 '물건'이 아니다. 그들 자신의 '일부' 같다. 그들이 입지 않는다면, 그들의 몸을 감싸 어떤 느낌을 만들어내지 못한다면 아무것도 아닐 그런 옷, 옷이 아닌 옷차림. 아득히 포근하고 그리운 기분이 든다. 그들이 쌍둥이란 사실을 단번에 알아차릴 수 없는 것과 마찬가지다. 뒤늦게 알아보고 천천히 감탄하게 되는, 그런 옷차림.

나는 다른 손님들의 경우와는 달리, 다른 집에서와는 달리, 거의 말을 하지 않고 쌍둥이 여사님들에게 장독대집의 이곳저곳을 보여준다.

겨울이 시작될 무렵, 계부의 성화에 도배를 새로 했지만, 장독대집은 분명 손을 쓰기 어려울 정도로 낡고 초라한 집이다. 지난 8개월간 이 집을 본 손님은 겨우 셋, 모두 처음에 집을 본 30대 부부와 비슷한 반응이었다.

"이 방이지?"

"그럼, 이 방이야."

세 개의 방 중 제일 작은 방을 들여다보며 그렇게 말하는 두 사람.

“우린 좋아요.”

짙은 보라색 손뜨개 모자를 쓰고, 눈에 띄지 않을 정도로만 다리를 저는, 빨간색 줄무늬 슬리퍼를 신은 쌍둥이 여사님이 말한다.

“우리한테 필요한 집이에요.”

낙엽무늬 모직 숄을 두르고, 알록달록 퀼트 손가방을 든, 파란색 줄무늬 슬리퍼를 신은 쌍둥이 여사님이 말한다.

“네, 다행이네요.”

내가 대답한다. 8개월 만에 드디어, 장독대집은 세입자를 맞게 된 것이다.

“이사는 좀 서두를 수 있을까요?”

빨간색 줄무늬 슬리퍼의 쌍둥이 여사님이 묻는다.

“비어 있는 집이라 이사는 계약하시면 바로라도 가능할 거예요. 그런데 아까 말씀드린 대로 지금 집주인이 지방에 계셔서, 계약기간도 그렇고, 제가 집주인과 통화해서 언제 올라오실 수 있나 여쭤보고 바로 연락드릴게요.”

내 말에 파란색 줄무늬 슬리퍼의 쌍둥이 여사님이 고개를 끄덕인다. 그리고 퀼트 손가방에서 작은 지갑을 꺼내든다.

내가 건네받은 것은 은빛 펄이 들어간 고급재질의 명함이다. 정난희 정낙희, 010-XXXX-XXXX. 두 사람의 이름과 한 개의 전화번호. 명함의 다른 면에는 '자매양장 맞춤전문'이란 여덟 글자가 인쇄되어 있다.

나는 장독대집의 대문을 잠근다. 햇빛이 눈부시다. 쌓인 눈이 빠르게 녹고 있다. 내 목소리는 뜻밖에도 딱딱하게 경직된다.

"사실 오랫동안 관리가 제대로 안 된 집이라, 꽤 불편하실 수도 있어요. 단열도 그렇고, 외풍도 있고, 수압도 낮은 편이더라고요. 처음엔 전세보증금이 꽤 높았는데, 단기월세로 나가게 될 줄은 몰랐네요."

짙은 보라색 손뜨개 모자를 쓰고, 눈에 띄지 않을 정도로만 다리를 저는 쌍둥이 여사님이 내게 미소를 지어보이며 말한다.

"그래도 뭐, 편들어주고 싶은 집이죠?"

편들어주고 싶은 집. 알록달록 퀼트 손가방에서 명함을 꺼내 준 쌍둥이 여사님도 내게 미소를 짓는다. 놀랄 만큼 똑같은 얼굴이다.

"고마워요. 아가씨 덕분에 우리한테 딱 맞는 집을 찾았으니."

딱 맞는 집. 누가 난희이고, 누가 낙희일까. 누가 언니이고 누가 동생일까. 자매양장, 정말 입고 있는 모든 옷을 직접 만들어 입은 걸까.

나는 쌍둥이 여사님들과 함께 골목길을 벗어난다. 편들어주고 싶은 집, 장독대집보다 훨씬 어울리는 표현이란 걸 인정할 수밖에 없다. 나는 그들이 나를 아가씨라 불러주었기에 정말 아가씨가 된 것 같다는 엉뚱한 기분에 사로잡힌 채, 눈이 녹아 질척거리는 거리를 걷는다.

5

눈을 뜬다. 따뜻하고 나른한 잠기운이 눈썹 위로 밀려 올라간다. 어둠, 난로의 희미한 주홍 불빛, 나는 장독대 집 거실에 있다. 얼마나 잠들어 있었던 걸까.

침낭 속에서 손을 빼내 머리맡의 휴대전화를 더듬는다. 전화기 속 시계는 자정을 넘겨 12시 21분, 3시간쯤 잔 것이다.

잠을 제대로 잘 수 없게 된 이후, 수면시간에 대한 묘한 강박이 생겼다. 그래도 3시간을 내리 잤네, 겨우 3시간밖에 못 잤어, 3시간 동안 세 번이나 깼으니, 잠들려고 3시간째 애를 쓰고 있지만, 3시간만이라도 푹 잤으면…….

나는 빼냈던 손을 다시 침낭 속으로 집어넣는다. 침낭 속에 애벌레처럼 몸을 파묻고 장독대집 천장을 올려다본다. 서울에 온 이후 내가 3시간이라도 깊이 잠들 수 있었던 유일한 곳. 처음 이곳에서 잠을 잤던 날을 떠올려본다. 지난가을 태풍이 서울을 통과하던 어느 밤, 비바람 소리가 요란했음에도 나는 세상모르고 잠에 빠져들었다. 그때도 겨우 3시간 정도였지만 너무도 오랜만에 맛본 달콤한 숙면이었다.

나는 침낭에서 몸을 일으킨다. 가볍고 포근하고 따뜻한 거위털 침낭. 이 침낭은 내가 서울에 온 이후 구입한 물건들 중 가장 값비싼 것이다. 나는 침낭을 납작하게 둘둘 말아 원통형 주머니에 집어넣고 지퍼를 채운다. 어쩌면 장독대집에서 '도둑잠'을 자는 것도 오늘로 마지막.

뜨거운 여름날 항아리 속 썩은 된장을 비워낸 후, 지난 7개월 남짓, 나는 사나흘에 한 번씩 혼자 이 집을 찾았다. 우선 마당의 쓰레기를 치웠다. 부엌의 싱크대를 닦고, 욕실의 거울과 세면대를 닦고, 변기와 욕조를 닦고, 거실과 세 방의 유리창을 닦았다. 조금씩 천천히 그렇게 했다. 천장 구석구석 거미줄을 걷어냈고, 다용도실 수납함에 제습제를 넣어두었고, 금이 간 타일에 장식 시트지를 붙였고, 빈 전등소켓에 새 전구를 사다 끼웠다. 늦가을 내내 마당의 낙엽을 쓸었다. 조금씩 천천히 그렇게 했다. 어느 날은 멍하니 거실에 앉아 휴대전화 MP3로 신곡 가요들을 들었고, 어느 날은 사가지고 온 양념치킨 한 마리를 남김없이 먹어치웠고, 어느 날은 거위털 침낭 속으로 기어들어가 구걸하듯 잠을 청했다. 사나흘에 한 번씩, 짧게는 오후에 30분쯤 길게는 깊은 밤 3시간쯤, 투명인간처럼 조용히 흔적 없이, 나는 장독대집 열쇠를 내 열쇠고리에 끼워 넣고 몰래 이 집에 드나들었다.

붙박이 신발장의 작은 서랍 안에서 열쇠꾸러미를 찾아낸 것이 먼저였다. 여섯 개의 열쇠가 차례로 어떤 문을 여닫는 것인지 알아보다 그중 하나가 잠겨 있던 지하실의 문을 열었다. 물론 지하실 안에 있던 물건들 대부분은 주저 없이 내버려도 좋을 것들이었다. 먼지와 습기와 곰팡이는 말할 것도 없었다. 지하실의 문이 얼마 만에 열린 것인지 짐작조차 할 수 없었다. 노인이 요양시설로 떠난 뒤 집을 정리할 때 누구도 잠긴 지하실을 열어볼 생각을 하지 못한 모양이었다.

나는 난로 옆 의자에 앉는다. 자그마한 석유난로도 쿠션이 꺼진 접이의자도 지하실에서 찾아낸 것들이다. 둘 다 나보다 더 나이를 먹었을 법한 구닥다리 고물이다. 별 기대 없이 상태를 살펴보았다. '옛날 석유난로 불 지피는 방법'을 인터넷에 검색해보기도 했다. 한참이나 매캐한 그을음을 토해낸 끝에 난로에는 불이 붙었고, 헐겁게 벌어진 연결부분을 박스용 테이프로 단단히 감자 접이의자는 그럭저럭 내 체중을 감당했다.

지하실에서 찾아낸 것들 중에는 여덟 폭짜리 자수병풍과 비닐포장을 뜯지 않은 60개들이 빨래집게와 사용한 흔적이 거의 없는 캠핑용 코펠 세트도 있었다.

자수병풍은 색이 바래고 뒷면에 군데군데 곰팡이가 슬었지만, 섬세하게 수놓인 꽃과 새와 구름과 나무와 거북 등은 무척이나 화려하고 아름다운 것이었다. 당장 내

버리는 것도 그대로 지하실에 두는 것도 옳지 않다는 생각이 들었다. 나는 병풍을 장독대집의 제일 작은 방으로 옮겼다. 빨래집게는 싱크대 서랍 안에 넣어두었고, 큰 그릇 안에 작은 그릇들이 차곡차곡 담기는 캠핑용 코펠 세트는…… 내 몫으로 챙겼다.

3월 들어 보일러를 돌리지 않고 있지만, 겨울 동안은 동파되지 않도록 보일러를 '외출' 기능으로 설정해 두었다. 의견을 묻기 위해 먼저 주인 노인의 둘째며느리에게 전화를 걸었다. 집을 부동산에 내놓았을 때부터 그녀는 자신이 원치 않는 권한을 가진 것에 대해 줄곧 성가시다는 반응을 보였다. 계부의 설득으로 겨울이 되기 전 도배를 새로 하고 마지못해 보증금을 얼마간 내린 것이 다행이라면 다행이었다. 열흘 전, 쌍둥이 여사님들이 다녀간 후 바로 전화를 걸었다. 계약성사 소식을 전하자 노인의 둘째며느리는 그제야 반색을 했다. 보증금과 월세를 자신이 관리하게 될 가능성과 그동안 자신이 감당한 수고를 다른 가족들에게 어떻게 생색낼 수 있을까 계산을 시작한 모양이었다. 전화를 끊기 전 그녀에게 물었다.

"그런데, 집주인 어르신은 좀 어떠신가요?"

"아버님요? 뭐, 아직…… 그럭저럭이신가 봐요."

'그럭저럭'은 병세에 차도가 있다는 말로도 없다는 말로도 들렸다. '아직'은 노인이 죽지 않았다는 것이 다행이라는 뜻 같기도 했고 불행이라는 뜻 같기도 했다. 어쨌든 그녀가 자신의 시아버지를 직접 본 것이 꽤나 오래전이라는 사실은 분명히 알 수 있었다.

나는 가방에서 츄러스와 귤이 담긴 봉지를 꺼낸다. 코코아가 담긴 보온병도 꺼낸다. 잔뜩 설탕이 묻은 시나몬 츄러스와 잘고 말랑말랑한 귤은 올겨울 들어 내가 가장 많이 먹은 음식일 것이다. 물론 코코아도. 겨울 동안에만 체중이 4킬로그램 늘었다. 지난 1년간 11킬로그램이나 살이 찐 것이다. 창밖이 어두워 마당은 내다보이지 않는다. 마당 구석의 장독대, 그 위의 항아리, 썩은 된장이 담겨 있던 항아리, 간신히 버려지지 않았지만 언제든지 다시 버려질 수 있는 항아리, 머지않아 나는 항아리만큼이나 뚱뚱해질지 모른다. 늘어난 몸무게에 대해 걱정을 해야 하는 것이다. 더구나 나는 지금껏 한 번도 뚱뚱했던 적이 없다. 그러나 이상한 일이다. 좀처럼 걱정이 되지 않는 것이다. 나는 손가락 크기로 자른 츄러스를 입안에 넣고 우물거린다. 우물거리며 귤을 깐다. 보온병 속에는 달고 따뜻한 코코아.

거실은 조용하다. 난로는 램프처럼 으은히 빛나고, 의자는 조금 배기는 듯 편안하다. 3월 중순, 더 이상 눈은 내리지 않는다. 봄이다. 그러나 밤이면 입김이 날 정도로 춥다. 아직 겨울이면서 봄이다. 이제 곧 이 장독대집에는 옷을 만드는 쌍둥이 여사님들이 살게 된다. 지금 이 순간, 나는 장독대집과 헤어지려 하고 있는 것이다. 다른 빈집에서 잠을 청했던 적은 없다. 이렇게 오랜 시간 드나든 빈집도 없다. 지난 1년 장독대집은 내게 가장 특별한 '매물'이었다.

아무도 내가 이곳에 있다는 것을 알지 못한다. 그런대로 평화롭다.

작년 이맘때, 나는 R면의 화장품공장에서 일하고 있었다. 1년이 지났을 뿐인데, 꽤나 오래전의 일처럼 느껴진다. T읍을 떠나기 전인 지난겨울, 눈이 많이 왔었나, 유난히 추웠나, 이상할 정도로 기억이 흐릿하다. 그 무렵까지 6개월쯤 나는 아침마다 읍내 농협 건물 앞에서 12인승 승합차에 올랐다. 그 차는 화장품공장의 2호 통근버스였다. 모두 아홉 명이 그 차를 이용했는데, 스무 살은 나뿐이었다. 지방도로를 20분쯤 달리면 공장에 도착했다. 주차장 마당에 모여 아침 체조를 함께하는 서른두 명 중에서도 스무 살은 나뿐이었다.

재작년 여름에 할머니가 죽었다. 할머니는 4년 전 A시의 병원에서 유방암수술을 받은 후, A시의 병원을 수도 없이 오가며 항암치료와 방사선치료를 받았다. 그 사이 할머니는 미니슈퍼를 처분하고 읍내에 전셋집을 얻었다. 7.5센티미터의 종양이 있던 할머니의 오른쪽 젖가슴은 수술로 사라졌고, 항암치료를 받으며 빠진 머리칼은 좀처럼 다시 자라지 않았다.

나는 A시의 한 실업계고등학교에 다니고 있었다. 고등학교 3학년 여름방학, 할머니의 장례를 치렀다. 장례를 치르는 사흘 내내 날은 몹시도 더웠다. 눈물보다 땀을 더 많이 흘렸는지도 모른다. 몹시도 더운 날, 몸무게 39킬로그램의 할머니는 뜨거운 불 속에서 화장되었다. 나는 눈물과 땀을 흘리며, 할머니가 흘린 눈물과 땀에 대해 생각했다.

할머니가 남긴 얼마간의 저금과 전세보증금에서 병원비를 제하면, 남은 돈으로 나는 어딘가로 떠날 수 있었다. 어딘가 T읍이 아닌 곳으로 가, 작은 방 한 칸을 얻어 몇 달쯤 살 수 있는 돈이 생겼다. 그러나 나는 어디로 가야 하는지 왜 어딘가로 가야 하는지 알 수가 없었다. 알 수 없는 것들은 그밖에도 아주 많았는데, 나는 그 알 수 없는 것들이 별로 궁금하지 않았다.

할머니 간병을 핑계로 나는 학교를 다니는 내내 결석이 잦았다. 성적도 나빴다. 물론 그것까지 할머니 탓일 수는 없었다. 졸업 무렵 담임교사는 멀리 O시에 있는 식품제조회사에 취업을 알선해주었다. 회사 내 기숙사를 운영하고 있는 꽤 규모가 큰 기업체였다. 초등학생 아들 딸과 함께 찍은 휴대전화 사진을 곧잘 학생들에게 보여주던 국사 담당의 담임은 내게 관대한 편이었다. 그는 할머니의 장례 때 발인에도 참석해주었다. 그러나 나는 친척이 있는 다른 도시로 가게 될 거라고 그에게 거짓말을 하고 제안을 거절했다. 할머니가 없는 집에 혼자 틀어박혀 보낸 겨울과 봄, 졸업식 얼마 뒤 담임은 내게 안부전화를 해왔다. 나는 곧 T읍을 떠나게 되었다고 또다시 거짓말을 했다.

화장품공장에 일자리를 소개해준 것은 죽기 얼마 전부터 할머니가 다녔던 읍내 교회의 권사 아주머니였다. 교회 사람들에게 장례식 때 이런저런 도움을 받았다. 장례식 때 이런저런 도움을 받기 위해 뒤늦게 할머니가 아픈 몸으로 교회에 다닌 것은 아니었을까 생각이 들기도 했다.

R면의 화장품공장은 소규모 하청업체였다. 소위 OEM 방식이란 것으로 운영되고 있었는데, 처음 공장의 상사에게 설명을 들었지만 나는 그 시스템의 세부를 정확히 이해하지 못했다. 공장에서는 주로 립스틱, 아이새도, 매니큐어 같은 색조화장품을 생산했다. 텔레비전 광고를 하는 유명 화장품회사에서 주문한 제품도 있었고,

전혀 이름을 들어본 적 없는 낯선 브랜드의 제품도 있었
다.

　전체 공정을 정확히 이해하지 못해도 전혀 지장이 없
는 단순한 업무가 내게 주어졌다. 처음 공장에 들어오는
다른 사람들과 마찬가지로 나는 포장부에서 일했다.

　흰 장갑을 끼고 완성된 제품을 색깔별로 구분해 정해
진 개수대로 상자에 담았다. 작은 상자들을 모아 다시
큰 상자에 담았다. 주어진 분량을 모두 포장하고 나면
작업대를 옮겼다. 장갑을 벗고 립스틱이나 매니큐어에
제품 라벨스티커를 붙였다. 엄지손톱만 한 용기의 바닥
면에 새끼손톱만 한 스티커를 붙이는 일이었다.

　작고 둥근 스티커 안에 제품의 이름과 일련번호 등이
아주 작은 글씨로 인쇄되어 있었다. 나는 그 스티커들을
통해 색깔의 이름을 새로 알게 되었다. 립스틱의 색깔은
로얄레드, 샤이니핑크, 다이아몬드와인, 로즈브라운, 벨
벳체리, 로맨틱피치 등의 이름을 갖고 있었다. 매니큐어
의 이름은 더 다채로웠다. 섹시퍼플, 딥골드, 메탈릭실
버, 스무디옐로우, 베이비오렌지, 비키니그린, 소프트민

트, 엣지블루, 크리스탈블랙……

새끼손톱만 한 스티커 안에 깨알보다 작은 크기로 인쇄된 글씨였지만, 그 이름들은 무척이나 단호하고 확고하다는 느낌을 주었다. 제멋대로 도도하고 자존심이 강한 여자가 정색을 하며 말하는 것 같았다. 나는 어디까지나 심플레드지, 그냥 레드가 아니야, 얼핏 비슷해보여도 절대 핫레드나 파워레드일 수 없어, 명심해, 난 심플레드야, 내 이름을 잊거나 헷갈린다면 재미없을 줄 알아! 그런 느낌이었다. 그런 느낌을 가져본 적이 없어서인지 그런 느낌이 싫지 않았다.

공장의 직원들에게는 완성된 제품이 몇 개씩 주어졌다. 용기에 흠집이 난 것, 재료 변형으로 불량판정을 받은 것, 테스트를 위한 샘플용도 포함됐다. 나는 양쪽 엄지발톱에 각각 다른 브랜드의 프리티핑크와 시크릿핑크 매니큐어를 발라보았다. 그것은 구분이 불가능할 정도로 비슷한 분홍이었지만, 오른쪽은 프리티였고, 왼쪽은 시크릿이었다. 아무도 신발 속 내 엄지발톱에 관심을 보이지 않았지만, 둘은 엄연히 다른 분홍이었다. 그 부드럽고 감각적인 이름들을 조그맣게 발음해 볼 때면, 왠지 모를 간지러운 희망 같은 것이 생겨나는 것처럼 느껴졌다.

차츰 공장 일에 익숙해져갔다. 유화기니 충진기니 하는 화장품 제조설비도 알게 되었고, 화장품 생산과정 자체는 아름다운 화장품 모델을 연상시킬 만한 것이 아무것도 없다는 것도 알게 되었다. 점심시간이나 휴식시간이 되면 나보다 열 살쯤 혹은 스무 살쯤 많은 여자들의 수다스러운 대화를 들었다. 나는 나보다 열 살쯤 혹은 스무 살쯤 많은 여자들에 대해 잘 알지 못했고, 그들의 대화 내용은 일단 낯선 것이라는 점에서 그런대로 흥미로웠다. 저녁이면 다시 2호 통근버스를 타고 T읍의 집으로 돌아왔다. 나는 혼자 저녁식사를 하고 텔레비전을 보았다. 잠들기 전 신제품이거나 불량품인 립글로스를 입술에 발라보며 드림레드니 러블리와인이니 하는 이름을 음미해보기도 했고, 열 개의 손톱과 발톱에 각기 다른 색깔의 매니큐어를 꼼꼼히 칠해보기도 했다. 막연히 화장과 관련된 일을 직업으로 갖게 된다면 어떨까하는 생각이 들었다.

계부에게 전화가 걸려온 것은 설 연휴의 마지막 날이었다.

"너, 아직 T읍에 있는 거냐?"

그 말은 아직 T읍에 있다는 것이 한심하다는 뜻 같기도 했고, 다행이라는 뜻 같기도 했다. 계부는 할머니의 발인 전날 장례식장에 왔었다. 나와는 6년만의 재회였다.

병원에 마지막으로 입원했을 때, 할머니는 내게 명함 한 장을 건네주었다. 꾸깃꾸깃 귀퉁이가 닳은 명함에는 계부의 이름과 함께 '아침부동산', '공인중개사' 등의 단어가 인쇄되어 있었다.

열 살에서 열세 살, 나는 계부의 성씨(姓氏)를 사용했고, 그와 한집에 살았다. 할아버지에 대해서는 기억나는 것이 없으므로, 그는 내가 한집에 살아본 유일한 남자였다. 당시 계부와 나의 관계는 때로 어색했고 때로 그럴 듯했는데, 그것은 그럭저럭 자연스러운 일이었다. 계부는 나와의 관계를 업그레이드시키기 위해 과장된 친절을 베풀지도 억지스러운 '부녀'의 포즈를 취하지도 않았다. 내게 무심하거나 내 존재가 못마땅해서가 아니었다. 계부의 최대 관심사는 언제나 엄마였다. 놀랍게도 그는 엄마에게 완전히 빠져 있었다. 나는 그 점을 분명히 알 수 있었다. 나는 지금껏 계부와 엄마의 경우를 제외하고 한 남자가 한 여자를 그토록 좋아하는 것을 실제로 본 일이 없다. 같은 고등학교에 다녔던 몇몇 아이들이 심심 찮게 연애사건을 일으키곤 했지만, 그런 것은 결국 영화 나 드라마의 흉내 혹은 소란스러운 소동 그 자체일 뿐이 었다. 계부에게 나는 어디까지나 자신이 열렬히 빠져 있 는 여자의 딸이었다. 당시 계부가 나를 좋아했는지 어쩐 지는 알 수 없지만, 내가 자신이 좋아하는 여자의 딸임 은 언제나 의식하고 있었다. 엄마가 죽지 않았다면 나는 지금껏 계부와 함께 살고 있었을 것이다.

계부의 명함을 건네며 할머니는 자신이 죽으면 계부 에게 소식을 전하라 일렀다. 엄마가 죽고 다시 T읍으로 돌아온 후 계부를 만난 적이 없는 나는 어떤 대답을 해 야 좋을지 알 수 없었다. 할머니는 서글픈 표정으로, 그 러나 엄마를 대신하듯 조금은 자부심에 찬 표정으로 말했다.

"그간, 이것저것 꽤 신경 써줬다. 2년 전에 다시 장가 들었음서도……."

전화통화를 한 며칠 뒤, 계부가 T읍으로 나를 찾아왔다. 나는 읍내에 하나뿐인 패스트푸드점에서 계부와 마주 앉았다. 계부는 할머니 장례 때와 마찬가지로 가발을 쓰고 있었다. 그때는 무척 덥겠다고 생각했지만, 겨울이 되니 그런대로 따뜻한 모자 같다는 생각이 들었다.

"서울 와서 네가 할 일이 있다."

얼음이 가득 든 콜라를 앞에 두고 계부가 말했다. 부동산 업무와 관련된 복잡하고 알아들을 수 없는 얘기가, 그러나 모두 별것 아니라는 결론과 함께 장황하게 이어졌다.

"가구점은 네 엄마 가고 1년을 못 넘겼어. 그때 내가 모든 일이 도저히 안 되는 때였던 거라. 술에 쩔어 한동안 폐인처럼 지내기도 했다."

나는 계부가 내 얼굴에서 엄마를 찾고 있다는 것을 깨달았다. 나는 엄마와 거의 닮지 않았다. 그런 만큼 더 애써 찾고 있었다.

셋이 함께 살았던 시절, 계부는 서울의 한 유명 가구 거리에서 수입가구점을 운영하고 있었다. 엄마는 이웃 가구점의 신입점원으로 계부와 처음 만났다고 했다. 엄마가 죽은 뒤, 가구점은 남의 손에 넘어갔고, 이런저런 불운이 겹쳐 계부는 경제적으로도 큰 타격을 입었다. 자신의 말대로 폐인처럼 지내던 계부는 우연한 기회로 지인이 운영하는 부동산에 드나들기 시작했다. 그리고 심기일전 몇 차례 도전 끝에 공인중개사 자격증을 땄다. 자격증을 걸고 얼마간의 빚을 얻어 Y1동에 작은 부동산을 열었다. 사무실 운영은 썩 나쁘지 않게 돌아갔다. 계부는 2년 전 다시 결혼했음을 내게 말하지 않았다. 나는 계부에게 엄마와 재혼하기 전 첫 번째 결혼에서 낳은 두 아들이 있다는 사실도 알고 있었다. 계부는 먼저 운영하던 부동산을 처분하지 않은 채 개발 호재가 있는 S동에 다른 부동산을 동업으로 오픈하게 됐다고 말했다.

"미안하다. 훨씬 전에 연락하려고 했는데, 일이 생각보다 늦어져서……"

계부는 미안한 일이 아닌데 미안하다고 했다. 부동산 근처에 내가 지내기에 적당한 원룸을 봐놨다고도 했다. 엄마가 죽었을 때, 엄마는 임신 중이었다.

약 한 달 후, 나는 T읍을 떠나 서울로 왔다.

나는 신고 있던 빨간 줄무늬 슬리퍼를 벗어 파란 줄무늬 슬리퍼 옆에 가지런히 놓는다. 지난가을 생활용품 할인점에서 한 켤레에 3천 원씩 주고 산 것들이다. 어떤 날은 빨간 줄무늬를 신었고, 어떤 날은 파란 줄무늬를 신었다. 이제 쌍둥이 여사님들이 이 슬리퍼를 신을 것이다. 물론 이 슬리퍼도, 다용도실 구석에 놓아둔 고물 석유난로와 낡은 접이의자도, 작은 방의 자수병풍도 얼마든지 버려질 수 있다.

나는 현관에서 지저분하게 얼룩진 부츠를 신는다. 이제 정말 부츠를 벗어야 할 때다. 나를 그저 하나의 검은 덩어리로 보이게 하는 커다란 검정 외투도 마찬가지. 그러나 하룻밤만 더, 하룻밤만, 아직 하룻밤 정도는 더 겨울이지 않을까.

새벽 1시 46분의 편의점. 새벽의 편의점은 환하게 빛나는 밤의 항구다. 어제도 그렇고 내일도 그렇다. 어제가 오늘이 되고 오늘이 내일이 되는 새벽, 365일 24시간 문을 닫지 않는 이 공간에 더없이 잘 어울리는 시간이다.

편의점 안으로 들어서자 출입문에 달린 종이 울리고, 사람의 모습은 보이지 않은 채 어디선가 '어서 오세요' 소리만 들려온다. 편의점 로고가 찍힌 녹색조끼를 입은 점원이 상품진열대 사이에 쭈그리고 앉아 과자박스를 뜯고 있다.

나는 그다음 진열대 사이를 통과해 음료 냉장고 쪽으로 향한다. 잠기운은 말끔히 가셔 있다. 아침이 되어 출근을 하면 종일 졸다 깨다를 반복하겠지만, 지금 내 머릿속은 새벽의 편의점처럼 속속들이 밝고 선명하다.

나는 콜라와 컵스프와 핫도그를 골라 들고 카운터로 향한다. 내 움직임을 보고 진열대에 과자를 채워 넣고 있던 점원이 빠른 걸음으로 카운터로 향한다. 나는 카운터에 계산할 물건들을 올려놓는다. 점원은 카운터에 들어가 바코드 리더기를 손에 쥔다. 그리고 그와 나의 눈이 마주친다.

"……아."

"아……."

편의점 점원은, 3주 전쯤 나와 함께 원룸을 둘러보았던 '신입생'이다.

그와 나는 동시에 콜라와 컵스프와 핫도그로 시선을 떨군다. 편의점 점원인 K전문대 신입생이, 아니 K전문대 신입생인 편의점 점원이 페트병 콜라를 집어 들어 바코드에 리더기를 갖다 댄다. 삐, 하는 전자음이 섬뜩할 정도로 크게 들린다. 다음은 컵라면과 비슷한 용기에 담긴 즉석 치즈 포테이토 컵스프, 다음은 거의 불량식품처럼 보이는 냉동 핫도그.

"할인카드 있으세요?"

그가 묻는다.

"아, 아뇨."

나는 당황한다. 3주 전의 그처럼 당황한다. 보증금은 얼마쯤 생각하세요?가 부동산식 매뉴얼 멘트라면, 그의 질문은 편의점식 매뉴얼 멘트인 것이다.

"비닐봉지 담아 드릴까요?"

"아뇨, 저기……."

"……?"

"살 게 더 있는데, 깜빡했네요. 잠깐 다시……."

신입생이 말없이 고개를 끄덕이다. 야박하다 싶은 정도로 아주 조금만 끄덕인다.

나는 진열대 쪽으로 돌아서며 최대한 자연스럽게 움직이기 위해, 정말 깜빡 잊고 사지 않은 물건이 있는 것처럼 보이기 위해 안간힘을 쓴다. 그 순간 허둥대는 내 뒷모습을 보며 신입생이 '꽤나 뚱뚱하다' 생각한다는 것을 안다. 이번에는 그의 시선에 혐오나 경멸이 잔뜩 담겨 있을 것만 같다. 나는 분명 꽤나 뚱뚱하다. 지저분하게 얼룩진 투박한 방한용 부츠를 지금껏 신고 있는, 커다란 검정 외투를 입고 거위털 침낭주머니를 어깨에 메고 있는, 그런 나를 신입생은 그저 하나의 검은 덩어리로 볼 것이다.

다시 카운터 앞에 선다. 너무 시간이 오래 걸렸다는 것에, 움직임이 자연스럽지 않았다는 것에, 깜빡 잊었다며 집어온 물건이 세 가지나 된다는 것에 얼굴이 뜨겁게 달아오른다. 그러나 이미 돌이킬 수 없는 상황이다. 내가 카운터에 올려놓은 것은 분사형 방향제와 휴대용티슈와 영화잡지다.

신입생이 방향제와 티슈와 잡지에 차례로 바코드리더기를 가져다 댄다. 계산기를 바라보는 검정 뿔테 안경 속 눈매가 차갑고 무표정하다. 빌트인 풀 옵션, 스타빌 505호를 마음에 들어 했으면서, 복층 오피스텔을 처음 봤으면서, 무엇 때문인지 알 수 없는 화가 치밀어 오른다.

"만이천구백오십 원입니다."

지갑을 찾아 커다란 외투의 커다란 주머니를 뒤적이느라 나는 또다시 허둥대고 만다.

"이만 원 받았습니다. 현금영수증 필요하세요?"

끝내 매뉴얼식 멘트.

나는 콜라와 컵스프와 핫도그와 방향제와 티슈와 잡지가 든 비닐봉지를 신입생에게 건네받는다. 그리고 간신히 〈아침부동산〉의 나로 돌아온다. 거스름돈을 받은

후, 나는 한껏 경쾌한 목소리로 닳고 닳은 연기를 하는
늙은 여배우처럼 묻는다.

"참, 어떻게, 구하셨나요?"

"네?"

"그때, 원룸."

"아, 그냥, 근처에."

그의 얼굴에 당혹감이 스치는 것이 나는 더없이 기쁘다.

"어느 쪽에 얻으셨는데요?"

나는 부동산중개인으로 당연히 알 권리가 있다는 듯
묻는다.

"……학교, 후문 쪽에요."

"아, 그러셨구나."

편의점 점원인 그가 대응할 수 있는 매뉴얼은 이제 없다.

"아르바이트 하시는 거예요? 새벽 시간에?"

"……네."

"학교도 다니고 알바도 하고 힘드시겠다. 저도 이 근
처에 살아요. 밤늦게 어딜 좀 다녀오느라."

"……."

“그럼 수고하세요.”

“…….”

분명 ‘감사합니다’나 ‘안녕히 가세요’가 매뉴얼의 멘트일 것이다. 그러나 그는 애매하게 고개를 끄덕이며 복잡한 표정을 감추려는 듯 연신 손가락으로 앞머리를 훑는다. 그렇게 해서 다시 보게 된 왼쪽 눈썹 속 쌀알만 한 점 하나.

어두운 새벽 거리에 아직은 겨울인 바람이 불고 있다. 나는 골목길을 걸으며 B101호의 화장실 안 어둡게 얼룩진 거울을 떠올린다. 거울 속 어린 남자와 어린 여자, 불길하고 꺼림칙한 B101호는 아직 ‘임자’가 나타나지 않았다. 편의점 비닐봉지 속 콜라와 컵스프와 핫도그와 방향제와 티슈와 영화잡지 때문인지, 검정 외투도 지저분한 부츠도 거위털 침낭도 더 이상 나를 그저 하나의 검은 덩어리로 보이게 하지 않는다.

더 이상, 이제 더 이상 장독대집을 드나들 수 없다는 새삼스러운 사실이, 깨진 얼음조각처럼 차갑고 날카롭게 가슴을 훑어댄다.

6

나는 K전문대학 교정 화단의 목련나무를 바라보고 있다. 건물 2층 높이의 커다란 나무가 여러 그루, 크림빛 목련꽃을 가득가득 매달고 있다.

할머니와 함께 살았던 미니슈퍼. 그 미니슈퍼에 딸린 살림집의 뒷문을 열면 바로 좁은 골목길이었다. 골목을 마주한 이웃집 담장 너머에 믿을 수 없을 만큼 커다란, 마치 공룡처럼 거대한 목련나무가 있었다. 수백 송이 짙은 자주색 꽃을 피우는 자목련이었다. 그 골목길의 진짜 주인 같은 자목련이었다.

봄날의 얼마 동안, 마치 나무가 심한 병을 앓는 것처럼 보였다. 펄펄 열이 끓어오르고 괴롭게 뒤척이고 혼잣말을 횡설수설 중얼거리는 것 같았다. 붉은 꽃송이가 불쑥불쑥 돋아나 무거워 보일 정도로 빽빽하게 나뭇가지를 감쌌다. 이내 알전구가 깨지듯 펑펑 꽃이 피었다. 꽃을 피우느라 힘겨워 보이는 나무를 바라보는 일이 힘겹게 느껴졌다. 목련은 예쁘고 환하고 아름다웠지만, 뜨겁고 어지럽고 무서웠다. 그리고 얼마 후 골목길 바닥은 잔인한 전쟁터처럼 변했다. 검붉게 시들어 짓이겨진 목련꽃잎들이 온통 핏자국처럼 바닥을 뒤덮었다. 그게 또 그렇게 힘겨워 보일 수 없었다. 꽃이 모두 지고 넓적하고 순한 느낌의 연녹색 잎사귀들이 나뭇가지를 메우면, 그제야 '휴 다행이다 이제 안심이네' 하는 마음이 들었다. 봄이면 피할 수 없는 한바탕 요란한 사건, 마음을 졸이며 담장 너머 자목련을 올려다보던 기억. 그러나 힘겹고 버겁다 생각하면서도, 꽃이 피고 지는 시간이 차라리 빨리 지나갔으면 바라면서도, 나는 그 압도적인 봄의 사건을 내심 기다렸던 것 같다.

창밖의 목련나무로부터 시선을 거둔다. 내가 앉아 있는 곳은 K전문대 학생회관 2층의 학생식당 창가 자리, 내 앞에는 삼천오백 원짜리 돈가스 정식이 놓여 있다. 새벽의 편의점에서 신입생을 만난 후 일주일이 지났다. 이곳에서 점심을 먹는 것은 오늘로 네 번째. 돈가스는 눅눅하고 소스는 너무 달고 짜고 시큼하다. 그러나 어제 먹은 순두부백반보다는 훨씬 낫다는 생각.

정오를 넘긴 시간, 식당으로 몰려드는 학생들이 빈자리를 빠르게 메워간다. 나 혼자 앉아 있던 4인용 테이블에 식판을 든 여학생 둘이 합석한다. 혼자 식사를 하고 있는 남학생은 몇 명 있지만, 혼자 식사를 하고 있는 여학생은 아무도 없다. 투박한 겨울 부츠를 지금껏 신고 있는 여학생도 물론 없다. 나는 지난 며칠간 K전문대 이곳저곳을 오가며 여학생들의 옷차림을 유심히 살폈다. 그날 새벽 이후, 나도 더 이상 부츠를 신지 않는다.

나는 천천히 돈가스 정식을 먹는다. 부동산으로 돌아가는 길에 츄러스와 삼각김밥을 사야겠다 생각하며 먹는다. 옆자리의 여학생들은 음식 맛에는 거의 신경을 쓰지 않는 듯하다. 한 여학생이 "조교 완전 짜증, 지가 교수님이야 뭐야"라고 말하자, 맞은편에 앉은 다른 여학생이 "은정이 불러서 따로 혼낸 거 들었어? 완전 대박" 하고 말한다. 완전 짜증이라 말한 여학생은 손톱에 반짝이 펄이 들어간 화려한 네일 아트를 했고, 완전 대박이라 말한 여학생은 진한 볼터치를 하고 파란색 서클렌즈를 끼고 있다. 나는 너무도 맛이 없어 보이는 깍두기 하나를 젓가락으로 집어 든다. 작고 군내 나는 무 조각이 입 안에서 삶은 감자처럼 힘없이 으깨진다.

어제와 마찬가지로 한 시간 가까이 학생식당과 매점과 휴게실 라운지를 서성대지만, 신입생의 모습은 보이지 않는다. 신입생이 나타난다면, 정말 그와 마주친다면, 그것은 뻔한 텔레비전 드라마의 한 장면처럼 더없이 유치하고 낯간지러운 순간이 될 것이다. 이곳에 있는 이유를 제대로 설명하지 못할 나는 더없이 난처해질 것이다. 그렇게 생각하면서도 나는 휴게실 게시판 앞에 오래도록 머문다. 자원봉사 동아리의 신입회원 모집광고와 취업지원실 주최 초청강연회 포스터와 교내 인터넷카

페 이용 안내문을 큰 관심이 있기라도 한 것처럼 꼼꼼히 읽어내려 간다. 나는 신입생과 마주치길 바라지만, 신입생과 마주치길 바라지 않는다.

전화기가 울린다.

"여보세요, 아침부동산이죠?"

낯선 번호와 낯선 중년 여자의 목소리.

"……네."

사무실을 비울 때면 부동산의 전화를 내 휴대전화로 착신 변경시킨다. 나는 목소리를 낮추며 휴게실의 구석 자리 테이블로 향한다.

"저기, 부동산 아닌가요?"

"맞습니다, 말씀하세요."

"아유, 잘 안 들리네. 아침부동산 중개인분 맞죠? 여기 지금 가게 앞인데, 안에 사람이 없으시네."

"무슨 일이시죠?"

"무슨 일요? 아니, 부동산에 무슨 일이겠어요. 집 알아보러 왔지."

"점심시간이라, 지금 외부에 있는데요."

"언제쯤 오시나? 1시 벌써 지났는데……. 저기, 빌라매물 나온 거 좀 있나요? 18평쯤 되는 걸로다가."

"죄송한데, 지금 좀……."

나는 여느 때처럼 차분하고 능숙하게 응대할 수가 없다.

"진짜 잘 안 들리네. 아유, 됐어요. 이 동네 부동산이 뭐 여기 한 군데밖에 없나."

통화는 그렇게 끝난다.

지난 1년간, 나는 한 번도 K전문대 안에 들어와본 적이 없다. 고등학교를 졸업한 후 더 이상 학교라는 곳에 다니게 될 일은 없을 거라 생각했다. 뜻밖에도 부동산 일을 제법 잘해나가며 그런 생각은 더욱 굳어졌다. 그러나 하루에도 몇 번씩 지나치는 곳에 위치한 전문대학 캠퍼스를 1년 넘게 기웃거려본 일조차 없다는 것은 조금 이상한 일일지 모른다. 본관 로비의 현금지급기를 이용한다거나, 등나무 아래 벤치에 앉아 커피를 마신다거나, 운동장 구석 댄스동아리 학생들의 춤연습을 구경한다거나, 그런 것은 결코 학교를 다니는 일이 아닐 텐데도.

나는 휴게실을 나선다. 무심한 듯 주위를 의식하며 복도 구석의 쓰레기통으로 다가간다. 그리고 줄곧 손에 들고 있던 커다란 쇼핑백에서 주둥이를 단단히 묶은 검정 비닐봉지를 꺼낸다. 조심스럽게 그러나 망설임 없이, 나는 그것을 '일반쓰레기' 수거함에 집어넣는다. 빈 쇼핑백도 작게 접어 그 옆 '재활용쓰레기' 수거함에 집어넣는다. 검정 비닐봉지 속에는 겨우내 신고 다녔던 부츠가 들어 있다. 지저분할지언정 한두 차례 더 겨울을 날 수도 있었을 방한 부츠, 좀처럼 빙판에 미끄러지지 않는, 내 발의 껍질처럼 편안해진 부츠를 버리는 것이 과연 잘하는 일인지 확신이 서지 않지만, 이 부츠를 버리는 곳으로 K전문대의 어느 쓰레기통을 택한 것은 아주 잘한 일이란 생각이 든다.

K전문대의 후문을 빠져나온다. 나는 며칠 전부터 부츠 대신 검정 플랫슈즈를 신고 있다. 이 구두는 작년에 T읍을 떠나기 전 A시의 신발가게에서 산 것이다. 서울에 올라와 계부에게 부동산 일을 배우며 처음 Y동 이곳

저곳을 돌아다닐 때 신었던 구두다. 에나멜 소재에 작은 리본 장식이 달린 평범한 디자인. 그런데 살이 쪘기 때문일까. 오랜만에 신은 구두는 새 신발처럼 조이듯 발이 아프고 불편하다.

검정 외투는 버리지 못했다. 아직 버릴 엄두가 나지 않았다. 나는 수개월간 나의 밤의 유니폼이었던 커다란 검정 외투를 아무렇게나 옷걸이에 걸쳐놓았다. 문득 그만 한 크기의 박쥐가 있다면 정말 끔찍할 거란 생각이 들었다.

지금 내가 입고 있는 검정 재킷은 지난가을 인터넷쇼핑몰에서 주문한 것이다. 살이 찌고부터 거의 모든 옷을 인터넷을 통해 구입한다. 싼 가격과 무난한 디자인과 큰 사이즈를 부담 없이 고르는 일이 살이 쪘다는 사실을 적당히 외면하게 했다. 이 재킷의 쇼핑몰 광고문구가 '어떤 옷에나 코디가 가능한 필수 베이직 아이템'이었다는 것이 아직도 기억난다. 그러나 몇 개월이 지난 지금, 이 재킷마저 너무 타이트해진 느낌이다.

K전문대 후문, 나는 이 부근에 원룸을 얻었다는 신입

생의 말을 떠올린다. 이 부근의 원룸 시세가 다른 곳보다 저렴한 것은 결코 아니다. 눈앞에 보이는 숱한 창문들 중 어느 것이 신입생이 여닫는 것일까, 마치 알아낼 수 있기라도 한 것처럼 나는 한동안 주위를 두리번거린다.

내가 Y동 일대에서 이용하는 편의점은 네 곳 정도다. 신입생이 새벽에 아르바이트를 하는 편의점은 그중 이용 빈도가 두세 번째쯤 되는 곳. 그날 새벽 이후 나는 그 편의점에 가지 않았다. 대신 하루 건너 세 차례, 길 건너 새벽의 어둠 속에서 카운터에 서 있는 신입생의 모습을 지켜보았다. 그가 몇 시에 아르바이트를 끝내고 어디로 귀가하는지, 알아낼 수도 있었다. 그러나 화가 났다. 그 불쾌하고 불편한 감정이 신입생을 향한 것인지 나 자신을 향한 것인지 구분할 수 없었다. 나는 스토커가 아니라는 생각, 이미 스토커 같은 짓을 하고 있다는 생각, 나는 나 자신에게 스토커가 아님을 증명해보이려는 듯 자리를 떴다. 초라하고 우습고 심술로 가득한 마음. 밤의 차갑고 외로운 시간이, 밤의 부드럽고 아늑한 공간이, 나만의 깊고 고요한 밤이 어딘가 뒤틀리고 이지러졌다는 기분이 들었다.

　나는 신입생이 아르바이트를 하는 편의점의 문을 연다. 카운터 앞에는 난처한 표정의 젊은 여자와 못마땅한 표정의 중년 남자. 둘의 모습이 뭔가 이상하게 느껴지지 않았다면, 나는 오늘도 이 편의점을 그냥 지나쳤을 것이다.

　나는 일부러 카운터 옆 진열대를 살피는 시늉을 한다.

　"죄송해요, 사장님. 금방 갔다 올게요. 딱 한 시간만요."

　젊은 여자가 말한다.

　"너도 참, 그러게 어제 미리 얘길 하지 그랬어. 알았으니까 빨리 갔다 와."

　중년 남자가 유니폼 조끼를 걸치며 말한다. 여자는 낮 시간에 아르바이트를 하는 편의점 점원인 것이고, 남자는 여자 대신 잠시 카운터를 맞게 된 편의점 주인인 것이다. 여자가 밖으로 나가자 남자가 카운터 안으로 들어간다. 나는 진열대 이곳저곳을 천천히 둘러보며 많은 물건을 고른다. 아마도 신입생이 줄을 맞춰 정리해두었을, 과자와 라면과 음료수.

잠시 후, 내가 열 가지도 넘는 물건을 카운터 위에 올려놓자 편의점 주인의 표정이 아닌 척 밝아진다. 매뉴얼 멘트를 말하는 목소리도 부드럽고 친절하다. 계산을 마치고, 나는 잊고 있었다는 듯 '용건'을 말한다.

"참, 여기 야간 아르바이트 구하시죠?"

주인이 어리둥절한 표정으로 고개를 젓는다.

"아뇨, 새벽 타임, 사람 구했는데요."

"정말요? 시간 밤 12시부터 아침 8시까지, 맞죠?"

"8시 아니라 7시까지요. 사람 구한지 보름쯤 됐어요, 광고 내렸는데."

"아, 벌써 구하셨구나……."

안타깝다는 표정을 지어 보이며 자연스럽게 주인의 다음 말을 끌어내야 하는 상황. 몇 천만 원 혹은 몇 억 원을 염두에 두고 살 집을 찾는 사람들을 1년 넘게 상대해온 탓인지, 이런 정도는 딱히 어렵게 느껴지지 않는다. 과연 주인이 다시 입을 연다.

"새벽 시간엔 여학생 알바 안 써요. 위험하다고 본사 방침이 그래요. 아니, 근데 학생 아니신가?"

지난 일주일 K전문대를 드나들며 스물두 살의 내가 좀처럼 대학생으로 보이지 않는다는 사실을 실감했다. 그러나 나는 시치미를 떼는 늙은 여배우처럼 말한다.

"학생 맞아요. 여기 K전문대."

"우리 알바는 거의 다 K전문대 학생들이에요."

"새벽 타임에도 그런가요? 아침 7시까지 알바하고 바로 학교에 가기가 어려울 텐데."

"야간 다니는 학생이래요."

"아……."

야간. 내가 K전문대 학생식당에서 맵고 텁텁한 순두부찌개를 먹는 동안 신입생은 깊은 잠에 빠져 있었을 것이다. 어쩌면 지금 이 순간에도.

나는 편의점 비닐봉지를 들고 횡단보도 앞에 선다. 신호가 바뀌기를 기다리는 사이 졸음이 밀려온다. 무겁게 늘어지는 팔다리, 고된 노동이라도 한 것처럼 피곤하다. 지금 같아서는 아무 데라도 쓰러져 오래오래 잘 수 있을 것만 같다. 나는 졸린 눈꺼풀을 힘겹게 껌뻑이며 길 건너 신호등을 바라본다. 녹색불이 켜져 발걸음을 떼려는 순간, 택시 한 대가 내 옆으로 멈춰 선다. 뒷좌석의 문이 열리고, 꽤나 굼뜨다 싶은 동작으로 손님이 내린다. 그 택시 손님이 장독대집으로 이사 온 쌍둥이 여사님들 중 한 사람이란 것을 알아보고, 나는 길을 건너지 못한다.

"아침부동산 아가씨네."

특유의 여유 있고 부드러운 미소. 쌍둥이 여사님은 나와의 우연한 만남을 마치 예상이라도 한 것처럼 자연스럽게 내게 알은체를 한다. 길 건너 녹색불은 이미 깜빡거리고 있다. 쌍둥이 여사님이 내 옆으로 다가오며 말한다.

"다음 신호에 건너야겠죠?"

"아, 네."

꿈을 꾸고 있는 것처럼 몽롱하다. 나는 졸음을 쫓으려 애를 쓴다. 그리고 그제야 쌍둥이 여사님 손에 다섯 개나 되는 쇼핑백이 들려 있다는 것을 알아차린다. 역시 그제야 오늘도 여사님의 옷차림이 특별하고 아름답다는 것을 깨닫는다.

"저기, 제가……"

여러 번 괜찮다며 사양하는 쌍둥이 여사님에게서 나는 쇼핑백 세 개를 받아든다.

"이거 고마워서 원. 그렇게 많이 무겁지는 않을 거예요."

다시 녹색불이 켜진다. 횡단보도를 건너며 나는 쇼핑백 속에 들어 있는 '많이 무겁지는 않은' 물건들이 모두 옷감이라는 것을 알아차린다. 그리고 내 옆에서 길을 건너고 있는 쌍둥이 여사님이 눈에 띄지 않을 정도로 다리를 절고 있다는 사실도 알아차린다. 지금까지와는 확연히 다른 공기가 주변을 감싼다.

쌍둥이 여사님은 장독대집 앞까지 짐을 들어다주겠다는 내 제의를 받아들인다. 함께 걸으며 날씨 얘기, 집 계약 때의 얘기, 이사 얘기 등을 나눈다. 계약서를 작성하고 잔금을 처리하는 등의 일로 쌍둥이 여사님들은 다시 부동산을 찾았다. 그러나 나는 계부에게 몸살기가 있다는 핑계를 대고 일부러 자리를 피했다. 계부가 혼자 일을 처리했다. 그동안 아프다는 말을 좀처럼 하지 않았던 탓인지 계부는 병원에 가보라는 말을 여러 번 했다.

정말 몸살기가 있는 것도 같았다. 나는 장독대집의 진짜 주인도, 장독대집의 진짜 세입자도 만나고 싶지 않았다.

지난겨울의 마지막 눈, 아니 올봄의 첫눈이 쌓였던 골목길. 오랜 시간 혼자 장독대집을 오가던 골목길. 나는 K전문대 학생회관 쓰레기통 속의 부츠를 떠올린다. 그리고 쌍둥이 여사님에게 묻는다.

"그때, 명함 주셨잖아요?"

"그랬죠. 우리 명함."

"그럼 여사님 성함이 정난희……."

"아뇨. 난희는 지금 집에 있지, 난 낙희."

"아, 낙희, 정낙희 여사님."

"맞아요. 낙희."

눈에 띄지 않을 정도로만 다리를 저는 쌍둥이 낙희 여사님이 자신의 이름을 말하며 미소를 짓는다.

"글쎄 사양 말고 들어와요. 차라도 한잔 대접해야지, 덕분에 편히 왔는데."

다시 장독대집에 들어가보고 싶어 쇼핑백을 나눠 든 것은 아니다. 그러나 나는 이미 그리운 누군가를 다시 만난 것처럼 가슴이 두근거린다. 낙희 여사님이 장독대 집의 대문을 연다.

장독대는, 항아리는, 그대로다. 그리고 장독대집의 마당, 완연한 봄의 마당.

장독대집이 매물로 나온 것은 지난여름, 나는 장독대집의 봄의 모습을 본 적이 없다. 부드러운 햇살 아래 마당은 말끔히 정돈된 모습이다. 스테인리스 빨래건조대에는 체크무늬 무릎담요와 색색의 수건들, 장독대 옆 벽돌을 낮게 쌓아 테두리를 두른 좁고 길쭉한 직사각형 화단에는 새로 심은 듯한 화초가 자라고 있다. 그리고 담장 구석에 자목련이 피어 있다.

"자목련."

나의 작은 중얼거림에 낙희 여사님이 자그마한 목련나무를 가리킨다.

"참 예쁘죠? 엊그제까지만 해도 꽃이 아홉 송이였는데, 그새 열한 송이가 됐지 뭐예요."

"이 집에 자목련이 있는 줄 몰랐어요."

여름 가을 겨울을 보내며 나는 이 마당에 자목련이 피

게 될 거란 사실을 알지 못했다.

낙희 여사님을 따라 집 안으로 들어서다 나는 그만 멈칫하고 만다. 여러 켤레의 신발이 놓인 현관, 모양새가 모두 제각각인 여자구두다. 고개를 돌리자 낯선 여자들 셋이 거실 소파에 앉아 있다. 낙희 여사님이 먼저 거실로 올라서며 말한다.

"괜찮아요, 손님들이에요."

손님들. 세 여자는 나와 낙희 여사님을 보고도 별다른 반응을 보이지 않는다. 부스스한 파마머리의 중년 여자는 읽고 있던 잡지책으로 눈을 돌리고, 그보다 젊은 외모의 안경을 낀 여자는 빠른 손놀림으로 휴대전화 화면을 두드리고, 멋스러운 스카프를 두른 노부인은 거실 창밖을 물끄러미 바라보고 있다.

세 여자는 거실에 니은자로 놓인 크림색 소파에 적당히 간격을 두고 앉아 있다. 단순한 디자인의 낡은 크림색 소파는 왠지 일반적인 가정용 소파라기보다 병원대기실 같은 곳에 놓이는 소파처럼 보인다. 실제 세 여자는 병원대기실에서 진료순서를 기다리고 있는 환자들

같다. 장독대집 거실, 지하실에서 찾아낸 고물 석유난로
와 접이의자, 그리고 나의 거위털 침낭이 놓였던 곳.

"아침부동산 아가씨가 왔네."

불투명한 미닫이 유리문이 반쯤 열린 부엌에서 또 다
른 쌍둥이, 난희 여사님이 등장한다. 역시 나를 만났다
는 것이 뜻밖이란 태도는 전혀 없다. 난희 여사님이 다
가와 나와 낙희 여사님 손에 들려 있던 쇼핑백을 받아든
다. 난희 여사님은 빨간 줄무늬 슬리퍼를 신고 있다. 낙
희 여사님은 파란 줄무늬 슬리퍼. 겨우내 내가 번갈아
신었던 두 켤레의 줄무늬 슬리퍼.

"난 차를 끓여갈 테니, 먼저 들어가 있어요."

낙희 여사님이 말한다.

"여기, 안방이 우리 작업실이에요."

난희 여사님이 나를 안내한다.

나는 움직임과 표정에 아무런 변화가 없는 거실의 세
여자를 힐끔 바라보고, 난희 여사님을 따라 안방으로 들
어간다.

　장독대집 안방. 그러니까 여기는, 의상실. 정난희 정낙희, 자매양장 맞춤전문, 쌍둥이 여사님들이 옷을 만드는 작업실이다.

　벽을 향해 놓인 좁고 긴 탁자에 두 대의 재봉틀이 있다. 그 위쪽 벽면의 철제 걸이에는 수십 가지 색깔의 실이 감긴 수십 개의 실패. 탁자 옆으로는 몸통만 있는 두 개의 마네킹. 하나는 빈 채로 있고 다른 하나는 만들다 만 조끼 같은 것을 두르고 있다. 그리고 방 한가운데 침대만큼 커다란 작업대 탁자가 있다. 탁자 위에는 옷을 만드는 데 필요한 온갖 물건들―옷감, 옷본, 줄자, 곡자, 단추, 바늘, 바늘꽂이, 핀, 지퍼, 초크, 가위. 종류가 여럿인 물건들을 칸칸이 나누어 담아두는 반투명 플라스틱 상자. 그리고 네모난 조각천을 책처럼 묶은 원단 샘플첩, 그밖에 내가 이름을 알지 못하는 물건들. 그러한 온갖 것들이 아무렇게나 어지럽게 흩어져 있는 듯하지만, 결코 아니다. 작업의 순서와 편리를 안배해 모두가 딱 알맞은 자리에 놓여 있다. 재봉틀과 마네킹은 물론 새 것이라 할 만한 것은 아무것도 없다. 모든 것이 정성껏 사용되고 길이 잘 들어 품위 있게 낡아 있다.

난희 여사님이 탁자 밑에서 등받이 없는 의자를 끄집어내 내게 권한다. 나는 그 의자에 앉아 모든 것이 딱 알맞은 자리에 놓여 있는 작업실 안을 찬찬히 살펴본다. 그러는 사이 난희 여사님은 낙희 여사님이 사온 옷감을 확인하고 정리한다. 창가 구석에는 긴 천을 커튼처럼 둘러 만든 탈의실과 전신거울.

낙희 여사님이 쟁반을 들고 방 안으로 들어온다. 난희 여사님이 탁자 위에 쟁반 놓을 자리를 마련한다. 나와 쌍둥이 여사님들, 딱 알맞은 거리를 두고 탁자에 둘러앉는다.

"허브티예요. 레몬밤."

낙희 여사님이 뜨거운 물이 담긴 하얀 도자기 주전자의 뚜껑을 연다. 그리고 거름망 안으로 잘게 마른 찻잎을 두 스푼 떠넣는다. 레몬밤.

"이건 작년에 잎 따서 말려둔 거, 며칠 전에 마당에도 심었으니까 나중에 와서 좀 따가요."

낙희 여사님이 찻주전자 뚜껑을 닫으며 말한다.

"라벤더, 로즈마리, 애플민트도 심었어요."

난희 여사님이 말한다.

"타임이랑 바질도."

낙희 여사님이 덧붙인다.

방 안에 부드럽고 산뜻한 레몬 향이 번진다. 나로서는 정확히 어떤 것인지 알지 못하는 식물들의 이름. 두 사람이 발음한 그 이름들이 보이지 않는 비눗방울처럼 공기 속을 떠다닌다. 레몬밤. 내가 발음해보고 싶은 것은 자목련.

허브티가 우러나는 동안 나는 쌍둥이 여사님들이 입고 있는 블라우스와 카디건과 스웨터를 본다. 역시나 천천히 음미하듯 감탄하게 되는 아름다운 옷. 부족하지도 넘치지도 않는, 아득히 포근하고 그리운 옷차림.

낙희 여사님이 세 개의 흰 잔에 차를 따른다. 찻물이 떨어지는 맑은 소리와 연기처럼 피어오른 수증기가 쟁반 주위를 따스하게 감싼다.

나는 레몬밤 허브티가 담긴 뜨거운 찻잔을 기도하듯 양손 안에 받아든다. 싱그럽고 향긋한 한 모금, 아무런 흠이 없는 온전한 친밀감이 몸속으로 깊숙이 스며든다.

나는 낯선 물건들로 가득 찬 공간에 있지만, 조금도 어색하지 않다. 난희와 낙희, 쌍둥이 여사님들이 나를 조금도 어색해하지 않기 때문이다.

"우리에게 딱 맞는 집을 소개해줬어요."

난희 여사님이 말한다.

"맞아요, 고맙다는 인사를 다시 한 번 했으면 했죠."

낙희 여사님이 말한다.

따뜻한 허브티를 마시며, 우리는 처음 장독대집을 보러 왔던 날 내렸던 봄눈에 대해, 얼마 전 마당에 심은 허브에 대해, 열한 송이 꽃을 피운 키 작은 자목련에 대해, 횡단보도에서의 우연한 만남에 대해, 원단상가에서 사온 여러 옷감에 대해 얘기를 나눈다. 두 사람과 얘기를 나누는 것은, 이 방에서 차를 마시는 것은, 마치 호젓한 숲길을 걷는 것과 같다…… 야 날씨 좋다, 노란 꽃이 피어 있어, 저 꼭대기에 새둥지 좀 봐, 바위 참 희한하게 생겼네, 역시 나무 그늘 아래가 시원하지, 저건 다람쥐가 아니라 청솔모야……

삐삐삐삐삐, 탁자 위 어딘가에서 전자음이 울린다. 휴대전화 소리는 아닌 듯한 단순한 전자음.

"30분."

낙희 여사님이 말한다.

"내가 다녀올게."

난희 여사님이 자리에서 일어나 방 밖으로 나간다.

이번에는 낙희 여사님과 둘만 남는다. 낙희 여사님이 팔을 뻗어 옷감더미 옆에서 집어든 것은 작은 타이머다. 네모난 액정화면과 둥근 버튼 몇 개가 전부인 평범한 플라스틱 타이머.

"저, 밖에 계신 분들은 여기서 옷을 맞추는 손님들인가요?"

나는 조심스럽게 묻는다.

"그런 분도 계시고, 아닌 분도 계시죠."

낙희 여사님이 타이머를 쟁반 옆으로 옮겨 놓는다.

"제가 혹시 일하시는 데 방해를 하고 있는 건 아닌지……."

"오, 아니에요. 타이머는 옷 때문이 아니라 나이트룸

때문에……."

나이트룸?

"나이트룸에 30분 이상 있으면 곤란하니까. 우리가 알람 역할을 하는 거죠."

낙희 여사님이 말한다. 30분, 알람 역할……?

다시 방문이 열리고, 금세 난희 여사님이 돌아온다.

"W동 사모님 들어가셨지?"

낙희 여사님이 난희 여사님에게 묻는다.

"응. 먼저 손님은 가셨고."

난희 여사님의 대답에 낙희 여사님이 타이머의 버튼을 몇 번 누른다.

"다시 30분."

"W동 사모님이야 매번 당신이 시계보다 더 정확하잖아."

나는 두 사람을 처음 만났던 날을 떠올린다. 그들에게는 익숙하고 나에겐 낯선. 그제야 나는, 무언가 이상하다는 것을, 아니 내가 아주 많은 것들을 이상하게 여기고 있다는 것을 깨닫는다.

어쩌면 마술을 보는 것과 비슷하다. 마술사가 어떤 마술을 선보이면, 관객은 우선 신기하다 놀랍다 희한하다 그런 반응. 그다음엔 고개를 갸웃거리며 도대체 뭐가 어떻게 된 거지? 어째서 저런 일이 가능하지? 무슨 장치가 사용된 거지? 그런 궁금증이 당연힐 것이다. 그러나 낙희 여사님을 따라 장독대집에 온 이후 나는 줄곧 신기하다고 감탄만 하고 있는 마술쇼의 관객이었던 셈이다. 나는 지금 이 순간 거의 모든 것을 이상하다 여겨야 하는 것이다.

물론 이상한 것투성이다. 나는 오래된 단독주택을 단기간 임대해 맞춤옷을 만드는 나이 든 쌍둥이 여자들에 대해 들어본 적이 없다. 두 사람은 어떻게 살아온 사람들일까. 두 사람에게 다른 가족이 없는 걸까. 두 사람은 누구의 엄마도 아내도 아닌 걸까. 이 의상실은 어떤 방식으로 운영되고 있는 걸까. 거실의 소파에 앉아 있던 여자들은 어떤 사람들일까. 무엇보다 나이트룸이란 무얼 말하는 걸까.

"차 좀 더 하겠어요?"

낙희 여사님이 내게 묻는다.

"아, 아뇨. 괜찮습니다."

여러 궁금증이 머릿속을 맴돌지만 무슨 말을 꺼내야 할지 갈피를 잡을 수 없다. 낙희 여사님이 자신과 난희 여사님 찻잔에 다시 허브티를 따른다.

차를 한 모금 마신 후, 난희 여사님이 내게 묻는다.

"어떻게? 아침부동산 아가씨도 오늘 들어가 보겠어요?"

"네? 무슨……."

"나이트룸."

"나이트룸?"

"이 집의 제일 작은 방 말이에요."

낙희 여사님이 방문 쪽을 손가락으로 가리키며 말한다.

"여기 안방은 우리 작업실, 건너편 작은 방은 우리 침실, 그리고 거실 지나 안쪽에 제일 작은 방이 나이트룸."

"저는 잘, 무슨 말씀을 하시는 건지……."

나는 한 모금쯤 허브티가 남아 있는 찻잔을 만지작거린다. 어쩐 일인지 그것은 아까와는 다른 액체처럼 보인다.

"나이트룸을 아가씨는 알고 있는 줄 알았는데?"

난희 여사님이 말한다.

"그래서 자수병풍 그 방에 가져다 둔 거 아니었어요?"

낙희 여사님이 말한다.

"……."

자수병풍. 내가 장독대집 지하실에서 찾아낸 여덟 폭
짜리 자수병풍. 색이 바래고 뒷면에 군데군데 곰팡이가
슬었지만, 섬세하게 수놓인 꽃과 새와 구름과 나무와 거
북 등이 무척이나 화려하고 아름다운 자수병풍. 그 자수
병풍을 장독대집 제일 작은 방으로 옮겨둔 것은 분명히
나다. 그 자수병풍이 지금 그대로 그 방에 있고, 그 방이
바로 나이트룸이라는 것이다.

ㄱ

새벽 2시 4분. 내가 있는 곳은 24시간 영업을 하는 S동의 한 패스트푸드점이다. 2층 창가 자리, S동 거리 곳곳 벚꽃이 활짝 피어 있다. 화려한 간판 불빛을 조명 삼아 벚꽃잎이 눈송이처럼 흩날린다. 4월, 이제 벚꽃 차례다. 목련은 모두 졌다. K전문대 교정 화단의 목련도, 장독대 집 마당 구석의 자목련도.

S전철역 부근. 24시간 영업을 하는 패스트푸드점은 세 곳, 커피숍과 식당과 술집도 여러 곳, 쇼핑몰 안의 영화관에서는 심야영화를 상영한다. 놀라운 것은 그 모든 곳

에 제법 사람들이 많다는 사실이다. 나는 내가 서울에 살고 있음을 실감한다. 패스트푸드점이나 브랜드 커피숍, 대형마트나 영화관은 T읍이나 A시에도 있었다. 그러나 밤 2시에도 낮 2시처럼 문을 열고 있는 곳은 없었다.

서울 S동의 새벽 2시, 커피숍 구석자리에 앉아 이어폰을 끼고 노트북 컴퓨터를 들여다보는 젊은 남자, 시끌벅적 거리를 활보하는 10대 패거리, 진한 화장에 킬힐을 신고 엘리베이터에 오르는 여자들, 심야영화관의 입장권을 사는 커플, 술잔을 기울이며 허세를 부리는 남자들, 그리고 환하게 불을 밝힌 이곳 패스트푸드점, 잠을 깨려는 듯 연신 커피를 홀짝이며 한순간도 손에서 휴대전화를 놓지 않는 내 옆 테이블의 젊은 여자. 나는 지금 서울에 있다. 일요일이 월요일로 향하는 밤, 햄버거 세트 메뉴를 앞에 두고 일회용 케첩의 포장을 뜯고 있는 나는 다른 곳이 아닌 서울에 있는 것이다.

부동산 문을 열지 않은 일요일 오후, 나는 S동으로 왔다. 첫 번째 목적은 쇼핑몰에서 옷을 사는 것. 봄 세일 중인 여성 의류매장은 하늘거리는 파스텔톤 옷들과 신용카드를 결제하려는 여자들로 넘쳐났다. 몇 시간이 지나도록 옷을 고르지 못한 나는 대형마트로 발길을 돌렸다. 우선 푸드코트에서 저녁을 먹었다. 그리고 마트 이곳저곳을 돌아다니며 이런저런 물건들을 카트에 담았다. 물품보관함에 쇼핑백을 집어넣은 뒤, 나는 다시 쇼핑몰 내 24시 찜질방으로 향했다. 대형마트에서 쇼핑을 하고 찜질방에 가는 것, 지난 1년 남짓, 내가 Y동이 아닌 S동에서 밤을 보내는 방식이었다.

사우나에서 목욕을 하고 휴게실에서 텔레비전을 보다 '자수정방'으로 들어갔다. 황토방 참숯방 아이스방과 달리, 자수정방에는 아무도 없었다. 사람이 많은 날에도 자수정방은 다른 방에 비해 크게 붐비지 않았다. 나는 여느 때처럼 구석 자리를 차지했다. 천장과 벽면이 온통 오돌토돌 반짝이는 연보라색 수정으로 만들어진 방. 벽면에는 시계와 온도계, 그리고 '자수정의 효능'이 적힌 팻말이 붙어 있었다. 자수정은 몸에 좋은 원적외선과 음이온이 다량 방출되는 신비의 보석입니다. 고혈압 저혈압 두통 근육통 신경과민 스트레스 노화방지 등에 탁월

한 효과가 있습니다. 특히 자수정은 수험생과 노약자 스트레스가 많은 현대인들에게 이로운 생명의 물질입니다. 쑥탕에도 맥반석 사우나실에도 황토방과 참숯방에도 비슷한 내용의 팻말이 붙어 있었다. 나는 분홍색 반팔티와 반바지 차림으로 자수정방 구석에 누웠다. 수건 한 장은 베개처럼 머리 뒤로 받치고, 다른 한 장은 얼굴 위로 덮었다. 나는 자수정방에 누워 나이트룸을 생각했다. 그리고 잠이 들었다.

택시에서 내리는 낙희 여사님을 우연히 만났던 날, 다시는 가보지 못하리라 생각했던 장독대집을 다시 찾았던 날, 쌍둥이 여사님들의 작업실에서 허브티를 마셨던 날, 나는 나이트룸에 들어가지 못했다. 모든 것이 어리둥절했다. 그 어리둥절함이 너무도 당연하고 자연스럽게 느껴져 그마저도 어리둥절할 수밖에 없었다.

다음 날, 나는 K전문대 학생식당에 가지 않았다. 부동산을 나서 점심을 먹지 않고 바로 장독대집으로 향했다. 초인종을 누르자 자동장치로 문이 열렸다. 나는 그동안

한 번도 장독대집의 초인종을 누른 적이 없었다.

마당의 장독대에는 항아리 하나, 자목련은 어제와 마찬가지로 열한 송이.

쌍둥이 여사님들도 변함없는 모습으로 나를 맞았다. 평범한 아주머니나 할머니와는 확연히 다른 공기, 여유 있고 부드러운 미소, 차근차근 감탄하게 되는 아름다운 옷차림. 그런데 어떻게 된 일인지 나는 다리 저는 모습을 확인하지 않고도 누가 난희 여사님이고 누가 낙희 여사님인지 구분할 수 있었다. 어째서 그 일이 가능한 것인지 설명하기란 불가능했다. 그러나 어쨌든 나는 두 사람을 바로 구분할 수 있게 된 것이다.

거실의 크림색 소파는 전날과 달리 비어 있었다. 쌍둥이 여사님들은 나를 거실로 안내했다. 소파는 과연 병원 대기실에 어울릴 만한 것이었다.

"먼저 나이트룸에 들어간 손님이 곧 나올 거예요."

난희 여사님이 말했다.

"오늘은 오전에 손님이 많았죠. 오후엔 여유가 좀 있을 거예요."

낙희 여사님이 말했다.

두 사람은 내가 말하지 않았음에도 내가 나이트룸에 들어가려 한다는 것을 알고 있었다. 막상 들어간다고 생각하자 막연한 두려움이 밀려왔다.

"괜찮아요. 이미 알고 있는데, 모른다고 생각하는 거예요. 많은 것들이 그렇죠. 나이트룸도 마찬가지예요."

난희 여사님이 말했다.

"아가씨는 이 집과 인연이 있어서 더 그런 것 같네요. 걱정하지 말아요. 모두 이미 알고 있는 것들이에요. 그저 편안하게만 있으면 돼요."

낙희 여사님이 말했다.

나는 무엇을 이미 알고 있는 걸까. 나는 왜 무엇을 이미 알고 있는 걸까.

"뭔가 지켜야 할 게 있나요? 그러니까 규칙 같은……."

내가 조심스럽게 물었다.

"특별할 건 없어요. 여러 가지가 저절로, 자연스럽게 될 거예요. 다만 한 가지, 나이트룸은 해가 지면 들어갈 수 없어요. 나이트, 밤에는 안 돼요. 대신 낮에는 아무 때라도 상관없어요. 오고 싶으면 언제든지 오면 돼요."

난희 여사님이 말했다.

"어제 말한 것처럼 나이트룸 안에 30분 이상 있는 건 곤란해요. 그렇지만 곧바로 뭐가 잘못되거나 하진 않으니 염려 말아요. 시간이 다 되었다는 걸 스스로도 알 수 있고, 우리도 알려주니까요."

낙희 여사님이 말했다.

"그럼 나이트룸은, 두 분이 만드신 건가요?"

내가 다시 물었다.

"아니에요. 우린 그저 관리인, 문지기일 뿐이에요."

난희 여사님이 말했다. 문지기.

"나이트룸 스스로가 장소를 결정하죠. 장소는 수시로 변해요. 우리는 그걸 알 수 있고, 그곳을 찾아 이동하는 거예요."

낙희 여사님이 말했다. 스스로가 장소를 결정.

"저는 잘, 모르겠어요. 뭘 어떻게……."

나는 내가 이미 알고 있는 것이 무엇인지 알 수 없었다.

쌍둥이 여사님들은 잠시 침묵을 지켰다. 나를 향한 침

묵이 아니었다. 멀고 먼 어느 순간을, 멀고 먼 어느 장소를 한 걸음 한 걸음 되짚어가는 듯한 침묵이었다. 점점 짙어지는 안개나 구름 같은 침묵이었다.

난희 여사님이 말했다.

"나이트룸에 들어가면…… 밤이 되는 거예요."

낙희 여사님이 말했다.

"밤의 일부가 되는 거예요. 잠시 완전히, 예전의 언젠가처럼……."

난희 여사님의 카디건 주머니 속에서 타이머의 알람 소리가 들렸다. 잠시 후 나이트룸에 들어갔던 손님이 밖으로 나왔다. 키가 작고 화장기 없는 얼굴에 펑퍼짐한 원피스를 입은 여자는 임산부였다. 여자와 쌍둥이 여사님들은 나직한 목소리로 인사를 나눴다. 여자는 부른 배를 뒤뚱거리며 느릿한 걸음으로 장독대집를 나섰다. 그리고 내 차례였다.

나는 나이트룸 안으로 들어갔다. 방문이 닫히고, 정지 버튼을 누르기라도 한 것처럼 나는 한동안 가만히 서 있었다. 어두웠다. 우선 어두웠다. 그러나 앞이 보이지 않을 정도는 아니었다. 무언가에 부딪히거나 손을 뻗어 더듬거리거나 할 정도는 아니었다. 그래도 전등을 켜야 할까 잠시 망설였지만, 켜지 않는 편이 역시 나을 것 같았다. 일반적이고 평범한 어둠, 그런 말이 가능하다면 이 방의 어둠은 일반적이고 평범한 어둠과는 다른 어둠이었다. 빛이 없기 때문에 어두운 것이 아니라, 지금 여기에 어둠이 있기 때문에 어두운. 이 어둠은 이를테면 빛과는 아무런 상관이 없는 어둠이란 생각이 들었다. 이런 것이 저절로 알게 되는 것일까. 내 생각과 감각이 평소와는 다르게 작동하고 있는 것일까.

물론 나는 이 방을 알고 있었다. 두 평이 채 되지 않는 좁은 공간, 북쪽으로 난 작은 창문, 창문을 열면 바로 낡은 담장이었다. 장독대집의 겨울, 이 방은 이 집에서 가장 춥고 가장 어두운 곳이었다. 이 방에서 춥고 어둡다는 것 외에 특별한 느낌을 받은 기억은 없었다. 그때도 이 방은 나이트룸이었던 것일까. 내가 이미 알고 있는 것은 무엇일까.

방문을 등지고 벽 가까이 커다란 의자가 놓여 있었다. 편안해 보이는 등받이와 팔걸이가 있는 안락의자였다. 의자 팔걸이에는 이 방에 들어왔던 사람들이 차례로 사용했을 무릎담요가 걸쳐 있었다. 나는 의자에 앉았다. 의자에 앉는 순간 몸이 뒤로 기울어졌다. 흔들의자였다. 나는 놀랐지만, 당황하거나 겁을 먹지는 않았다. 의자는 소리 없이 앞뒤로 흔들렸다. 적당한 속도와 적당한 기울기. 쌍둥이 여사님들이 그러하듯 '딱 알맞은' 속도와 기울기였다. 나는 흔들의자의 딱 알맞은 속도와 기울기에 몸을 맡겼다. 그런데 의자가 너무도 조용하다는 사실에 신경이 쓰이기 시작했다. 내부구조가 어떻게 되어 있는지 알 수 없었지만, 의자는 이상할 정도로 소리를 내지 않았다. 의자의 부피와 무게는 상당할 것 같았다. 그러나 의자는 앞뒤로 움직이면서도 아무런 소음 없이 조용하기만 했다. 그 조용함을 유지하는 것이 의자의 중요한 임무라도 되는 것처럼 느껴졌다.

아, 아, 나는 입 밖으로 소리를 내보았다. 소리의 느낌이 달라져 있었다. 녹음된 내 목소리를 기계장치를 통해 듣는 것 같았다. 내 목소리가 들려오는 전화기를 귀에 대고 있는 것도 같았다. 나는 무릎담요를 펼쳐 다리 위로 덮었다. 빛과는 무관한 어둠 속에서 담요가 체크무늬라는 것을 알 수 있었다. 의자는 조용하고 편안했다.

의자에 앉아 정면으로 보이는 벽에 자수병풍이 펼쳐져 있었다. 내가 장독대집 지하실에서 찾아냈던 그 자수병풍이었다. 병풍을 이 방으로 옮길 때, 병풍은 한 폭으로 접혀 천으로 만들어진 케이스에 담긴 채였다. 이제 병풍은 작은 창이 있는 벽을 가리고 여덟 폭으로 펼쳐져 있었다. 어둠 속 섬세하게 수놓인 꽃과 새와 구름과 나무와 거북은 보이지 않았다. 어른거리는 윤곽을 눈대중으로 더듬어보았지만, 꽃인지 새인지 분간할 수 없었다. 그 순간 문득 떠오른 것은 B101호의 유아용 글자판이었다. ㅅ은 사과, ㅇ은 아기, ㅈ은 자동차.

아주 오래전, 내가 갖고 있던 것은 글자판이 아닌 글자책이었다. 한글과 숫자가 색색의 삽화와 함께 인쇄된 손바닥만 한 책이었다. 그 책은 한 달에 한 번, 두 달에 한 번, 석 달에 한 번쯤 T읍의 미니슈퍼로 돌아오던 엄마가 사다준 것이었다. 초등학교에 입학할 즈음이었다. 나는 방바닥에 엎드려 색연필을 손에 쥐고 종이에 그림을 그리고 있었다. 글자책을 펼쳐놓고 한글과 숫자가 아닌 삽화를 따라 그리고 있었다. 그런 나를 지켜보던 할머니는 가게 진열대에서 종류가 다른 과자들을 이것저것 한 아름 집어왔다. 나는 과자봉지로 손을 뻗었지만 할머니는 고개를 저었다. 할머니는 과자봉지의 글자들을 종이에 적게 했다. 과자의 이름과 광고문구와 제조회사와 제품설명과 소비자 권장가격. 처음엔 물론 쓰기보다는 그리기에 가까웠다. 그 글자들을 여러 번 읽고 쓰고 결국 외워야만 과자를 먹을 수 있었다. 다음은 비누상자와 커피병과 조미료통과 참치캔과 라면봉지의 글자들이었다. 나는 그렇게 한글과 숫자를 익혔다. 할머니가 일러준 나의 첫 글자들. 나는 흔들의자에 앉아 기억하고 있는지도 몰랐던 기억과 함께 흔들렸다.

　부동산에서 일하며, 내가 방문했던 모든 집, 내가 들어갔던 모든 방. 가득 차 있던 혹은 텅 비어 있던 그 많은 집과 그 많은 방. 그 많은 서랍들 속 그 많은 양말들 속 그 많은 보푸라기. 그 많은 칫솔과 그 많은 치약과 세면대 구멍 속으로 빨려 들어간 그 많은 거품. 좁은 방의 요크셔테리어, 넓은 거실의 잉꼬. 화분과 어항과 부적은 어떡합니까, 이사 갈 때 어떡합니까, 먼지와 그림자와 악몽은 어떡합니까, 이사 갈 때 어떡합니까. 죽은 시계, 지난 달력. 반짝이는 금반지, 다림질한 와이셔츠. 이 집에서 자란 키, 이 방에서 센 흰머리. 손톱을 깎고, 이불을 널고, 쌀을 씻고, 커튼을 여미고, 기저귀를 갈고, 모기를 잡고, 택배를 기다리고, 변기물을 내리고, 피자를 주문하고, 리모컨을 누르고, 빨래를 걷고, 커피를 마시고, 아이를 달래고, 달걀을 깨고, 우산을 챙긴 모든 사람의 모든 집과 모든 방. 상냥하게 웃고, 못들은 척하고, 조바심을 내고, 돈 계산을 하고, 약속을 되새기고, 등을 토닥이고, 퉁명스럽게 말하고, 콧노래를 부르고, 호지부지 넘어가고, 두려워하고, 우쭐해하고, 결심하고, 후회하고, 그리워하고, 이사를 가고 싶어 한 모든 사람의 모든 집과 모든 방. 그 모든 집과 모든 방이 내게 들려준 짧고 강렬한 이야기, 길고 지루한 이야기, 놀랍고 밋밋하고 신기하고 어이없고 뻔하고 흥미로운 이야기.

　너 소질 있다. 계부가 내게 했던 말이었다. 아침부동산에서 일한 지 서너 달이 지났을 때였다. 분명 뜻밖이라는 뉘앙스였다. 누군가로부터 무언가에 소질이 있다는 말을 들은 건 그때가 처음이었다. 그 소질이란 것이 부동산중개인으로서의 소질이라는 점은 나 스스로에게도 무척 뜻밖이었다. 계부는 자신이 사용했던 공인중개사자격증 수험서를 내게 주었다. 나는 수험서를 몇 장 들춰 보다 내 소질에 대해 곰곰이 생각해보았다. 내가 중개인 노릇을 하며 명심하고 있는 것은 한 가지뿐이었다. 집 임자는 따로 있는 거다, 라는 계부의 말. 남의 집을 드나들며 알게 되었다. 사람이 집을 선택한다기보다 집이 사람을 선택한다는 것을. 과연 집 임자는 따로 있었다. 나는 매물로 나온 집에 주의를 기울였다. 집의 소리를 듣고 냄새를 맡고 맛을 보았다. 이 집이 원하는 사람은 누구일까. 부동산으로 집을 구하러 온 손님들을 세심히 살폈다. 이 사람일까, 이 사람일까. 집 역시 자기에게 깃들일 사람을 간절히 구하고 있었으므로. 나는 돈과는 다른 무엇을 살폈다. 유유상종이란 말이 맞는 말일 수도 있겠다는 생각이 들었다. 계약성사율이 높았다. 나는 정말 소질이 있는 것인지도 몰랐다.

나이트룸에서, 나는 잠이 들었다. 그리고 깨어났다. 3시간, 아니었다. 나는 길고 긴 잠을 잤다. 온밤 내내 잤다. 빛과 무관한 어둠처럼, 깨어 있음과 무관한 잠. 내 몸의 털 한 올, 피 한 방울, 세포 하나하나까지 모두 동의하고 받아들여진 잠. 그런 잠이었다. 나이트룸에 들어가면 밤이 되는 거예요. 쌍둥이 여사님들의 말대로 나는 밤의 일부가 된 것이다. 잠시였지만 온전히, 나이트룸. 온밤 내내 자고 일어났지만, 이제 막 30분이 흘렀다는 걸 알 수 있었다.

똑똑, 노크소리가 들렸다.

"시간, 다 됐어요."

나이트룸은 쌍둥이 여사님들을 선택했고, 장독대집을 선택했고, 또 나를 선택했다.

자수정방에서 자고 일어나니 다시 3시간이 흐른 뒤였

다. 나는 찜질방을 나와 물품 보관함에서 쇼핑백을 찾은 다음 이곳 패스트푸드점으로 왔다. 새벽 2시가 다 된 시간이었다.

나는 햄버거와 감자튀김과 콜라를 먹는다. 내 일상은 지난겨울과 별다를 것이 없이 흘러간다. 부동산에서 일하며 손님들에게 매물을 소개하고, 건강에 좋을 것 없는 음식을 되는 대로 먹고, 밤에는 잠을 제대로 자지 못한다. 잠을 잘 수 없는 밤이면, Y동의 어두운 골목길을 걷고, 매물로 나온 집들 근처를 서성이고, 빈집에 들어가 바닥의 먼지를 쓸거나, 타일의 얼룩을 닦거나, 그 집에 살 사람으로 어떤 사람이 좋을지 가늠해본다. 종종 이렇게 S동에서 밤을 보내기도 한다. 1년 새 불어난 몸무게는 변함이 없고, 마땅히 입을 옷이 없으면서도 좀처럼 새 옷을 사지 못한다. 검정 플랫슈즈는 아직도 내 발을 편안히 받아주지 않는다.

그러나 나이트룸, 나이트룸에서의 30분. 그 공간으로 인해 그 시간으로 인해 나를 이루고 있는 성분이 달라지고 있다는 느낌이 들었다. 나는 일주일에 서너 번 나이트룸에 갔다. 밤이 된다는 것은 정말이지 특별한 경험이었다. 나이트룸에 들어갔다 나오면 팔과 가슴과 다리에 알 수 없는 힘이 스며들었음을 느낄 수 있었다. 흐릿한 그림자가 뚜렷해지고 느슨한 신경이 팽팽히 당겨졌다. 정수리부터 발가락까지 활발히 피가 돌고 있다는 것을 감지할 수 있었다. 숨을 더 크고 깊게 쉴 수 있게 된 것 같았다. 더 잘 보이고 더 잘 들리고 더 분명히 만져진다는 기분이 들었다. 나이트룸에 들어갔다 나오면 날이 개듯 몸이 개었다. 나라는 존재가 훨씬 진해졌다는 느낌이었다.

나이트룸에 다섯 번째 갔던 날, 나는 밤 1시가 되길 기다려 신입생이 일하는 편의점에 갔다. 카운터에 우유와 시리얼을 올려놓았다. 그리고 아무 말도 하지 않았다. 신입생의 매뉴얼식 질문에는 고개를 끄덕이거나 가로젓는 것으로 답했다. 신입생 역시 내게 알은체를 하지 않았다. 편의점에 머문 시간은 1,2분에 불과했다.

다음 날 같은 시간, 편의점에 간 나는 스타킹과 생리

대를 카운터 위에 올려놓았다. 역시 입을 열지 않았다. 영수증과 거스름돈을 받은 후 가볍게 목례를 했다.

"수고하세요."

"……아, 네. 안녕히 가세요."

신입생의 낯빛이 좋지 않았다. 내가 산 물건이 스타킹과 생리대였기 때문이 아니었다. 그가 밤을 꼬박 새는 아르바이트를 한 지 한 달이 넘어가고 있었다. 검정 뿔테 안경 속 눈두덩이 거뭇거뭇했다. 나는 잠을 제대로 자지 못하는 사람의 얼굴을, 밤에게 받아들여지지 못하는 사람의 얼굴을 알아볼 수 있었다. 버려진 아이처럼 어둡고 불안하고 무력한 얼굴, 제 그림자에게 자리를 내준 그림자 얼굴.

다음 날 다시 편의점에 갔다. 나는 플라스틱 바구니에 감자칩, 육포, 후르츠 칵테일, 믹스너트 등을 가득 담았다. 그리고 유료냉장고 앞에서 "여기요" 하고 큰 소리로 신입생을 불렀다. 그가 내 곁으로 다가왔다. 나는 냉장고 안을 가리키며 말했다.

"이 맥주, 열 캔만 꺼내주세요."

나는 안줏거리가 든 바구니를 들고 먼저 카운터 쪽으로 갔다.

카운터 위에는 보던 곳을 펼쳐 뒤집어 놓은 『건축설계론1』이란 책이 놓여 있었다. 책의 앞표지를 들추자 사인펜으로 적힌 일곱 자리 번호와 이름 석 자. 나는 다급하게 번호와 이름을 외웠다. 잊지 않으려 재빨리 휴대전화를 꺼내 메모창에 입력했다. 숫자를 맞게 외웠는지 확인하고 싶었지만, 그새 신입생이 맥주캔이 담긴 바구니를 들고 카운터로 돌아왔다. 바코드리더기의 전자음과 계산기에서 영수증이 출력되는 소리. 나는 속으로 그의 이름을 여러 되뇌어보았다.

"갑자기 집에 손님들이 와서요."

나는 비닐봉지에 맥주를 담는 신입생에게 말했다. 나는 그가 나를 궁금하게 여기길 바랐다.

"아, 네."

그가 살짝 고개를 끄덕였다. 나는 그가 나를 파악하길 바랐다.

"저기, 뒤에 저건 뭐죠?"

내 질문에 신입생이 뒤를 돌아보았다. 선물용 상품진열대인 듯했다. 분홍 리본을 두른 투명한 상자에 알록달록 라벨이 붙은 와인과 두 개의 와인잔이 함께 담겨 있었다. 신입생이 말했다.

"이벤트 행사 중인 와인인데, 잔을 같이 드리는……."

"그것도, 하나 주세요."

그가 다시 계산기를 두드렸다. 나는 무거운 비닐봉지 두 개를 받아들었다. 그리고 마침 생각이 났다는 듯, 부동산중개인으로 자연스러운 궁금증이라는 듯 물었다.

"참, 지금 있는 원룸은 어떻게, 맘에 드세요? 학교 후문 쪽에 얻으셨다는."

신입생의 얼굴이 굳어졌다. 잠을 제대로 자지 못하는, 건조하게 부서져 내릴 것 같은 얼굴, 껍질 같은 얼굴. 그저 하나의 검은 덩어리가 되려하는 얼굴.

"아뇨. 별로……."

신입생은 그에 대해 말하고 싶지 않다는 듯 말했다. 그러나 그것이 조금도 거짓이 아니라는 것은 알 수 있었다.

다음 날, 나는 부동산의 컴퓨터로 종일 K전문대의 홈

페이지를 들락거렸다. 건축과의 학과 안내, 교수진 소개, 커리큘럼 구성 등의 항목을 꼼꼼히 살폈다. 건축실무와 응용력을 배양하고 산학협동 연계를 통해 현장적 응력을 습득시켜 건설분야에서 요구하는 유능한 전문기술인 양성을 목표로 한다. 취득 자격증으로는 건축 산업기사, 건설재료 산업기사, 건설안전 산업기사 등이 있으며, 필수 이수과목으로는 건축구조론, 구조역학, 동서양건축사, 건축설계실무, 조형디자인의 이해, 건축재료학, 도시계획과 건축법규…… 비밀번호를 모르는 이상 학번과 이름만으로 로그인을 하는 것은 불가능했다.

건축과 홈페이지 공지사항에 가장 최근 등록된 게시물은 학과 전체 MT에 대한 공지였다. 주간부와 야간부의 공지가 각각 달랐지만, 유명 건축물 견학 코스가 포함되어 있으며 참석여부가 출석에 반영된다는 내용은 같았다. 일정은 주말의 1박 2일.

K전문대 건축과 야간부의 MT가 있던 주말 새벽, 나는 편의점에 갔다. 신입생은 여전히 녹색조끼를 입고 카운터를 지키고 있었다. 아침 7시, 아르바이트를 끝내고 편

의점을 나서는 신입생의 뒤를 따랐다. 나는 후드 점퍼의 모자를 뒤집어썼지만, 날은 이미 환히 밝아 있었다. 신입생은 한 차례도 주위를 두리번거리지 않고 빠르게 걸었다. 밤의 그림자를 끌고 휘청휘청 아침의 거리를 걸었다. 그 잰걸음을 쫓다 나는 그제야 신입생이 여전히 처음에 보았던 낡고 지저분한 남색 스니커즈를 신고 있다는 것을 알았다. K전문대 후문 근처, 그가 한 건물의 계단 통로로 들어섰다. 1층은 치킨집과 녹즙 대리점, 2층은 피시방, 3층은 고시원이 있는 건물이었다. 보증금이 없는, 어쩌면 창문조차 없을 캄캄하고 좁은 방. 어두워도 깊이 잠들 수 없는, 그가 결코 마음에 들어 하지 않는 그곳의 이름은 '월드고시원'이었다.

나는 패스트푸드점을 나서 택시에 오른다. 밤이 간다. 심야할증요금이 적용되는 요금기의 숫자가 빠르게 올라간다. 택시는 계부의 〈굿모닝공인중개사사무소〉가 있는 오피스텔 앞을 지난다. S동 어느 주상복합아파트의 전망 좋은 방에 잠들어 있을 계부. 계부는 결코 나의 밤을 알지 못하고, 나 역시 계부의 밤을 결코 알지 못한다. 밤이 빠르게 달린다. 새벽의 택시처럼 거침없이 질주한다. 드문드문 불 켜진 창들이 유성처럼 흘러간다. 밤의 시간은 1초씩, 1분씩 흐르지 않는다. 오늘밤의 시간은 백화점처럼 북적거리고, 찜질방처럼 달아오르고, 벚꽃처럼 흩날린다. 나는 밤의 시간 안에 있다. 옆자리에 놓아둔 마트의 쇼핑백에는 빈집에서 사용할 참숯과 클리너와 살충제와 욕실 슬리퍼. 밤이 간다. 아침이 오기 전에 서둘러, 차선을 새로 그리고, 움푹 팬 도로를 메우고, 고장 난 신호등을 교체하고, 서둘러, 끝없이 낮을 의식하는, 밤이 간다. 달이나 별과는 무관한, 충직한 불침번 같은, 어쩌면 밤이 아닌, 도시의 밤이 간다.

8

"고개를 앞으로 숙여봐요."

나는 고개를 앞으로 숙인다. 난희 여사님이 줄자를 내 뒷목에 가져다 댄다. 세심하고 능숙한 손가락들이 내 척추뼈를 위에서 아래로 하나하나 짚어가며 신중하게 치수를 잰다. 옷을 맞춘다기보다 진찰을 받는 느낌이다.

"팔짱을 끼고 등과 고개를 최대한 뒤로 젖혀요."

이번에는 거의 스트레칭 동작에 가깝다. 나는 순순히 시키는 대로 한다. 팔꿈치에서 정수리까지, 견갑골에서 꼬리뼈까지, 줄자가 분주히 움직인다. 난희 여사님은 치수를 꼼꼼히 노트에 옮겨 적는다.

나는 맞춤옷을 만드는 일에 대해 아는 것이 없다. 그러나 블라우스와 재킷을 만드는 데 척추뼈 마디마디를 확인하고, 희한한 포즈를 취한 채 수십 군데 치수를 재는 것은 확실히 좀 과하고 엉뚱하다는 생각이 든다. 거기에 '디자인 인터뷰'까지. 그러나 지난주 바지 두 벌을 맞춘 나는 쌍둥이 여사님들의 지시를 고분고분 따를 뿐이다. 바지를 맞추며 나는 허리와 엉덩이둘레와 다리길이는 물론, 발목둘레와 발가락둘레를 쟀다. 이해할 수 없었지만 머리둘레와 손목둘레도 쟀다. 무릎을 굽힌 채 쪼그려 앉아 박수도 쳤다. 박수를 치지 않을 때와 어떤 치수가 어떻게 달라지는지 궁금했지만, 왠지 따져 물을 수 없었다. 나는 여전히 마술쇼를 지켜보며 감탄하는 관객일 뿐이다. 색깔과 디자인을 달리해 완성된 두 벌의 바지는 거짓말처럼 완벽하고 편안하게 내 몸에 들어맞았다. 그저 감탄할 수밖에 없었다.

"마지막 치수, 입을 아 하고 크게 벌려봐요. 하품을 할 때처럼 크게."

물구나무서기가 아닌 것을 다행으로 여겨야 할지도. 치수를 재고 옷본을 그려 패턴을 뜨고 가봉을 하는 과정 내내, 쌍둥이 여사님들은 복잡한 과학실험을 진행하는 연구원들처럼 보였다.

이제 디자인 인터뷰 차례. 원단 샘플첩과 옷 모양을 스케치한 노트를 앞에 두고 '질문'이 이어진다. 바지를 맞출 때 내가 당황하는 기색을 보이자, 난희 여사님은 "우리는 이걸 디자인 인터뷰라고 해요. 꼭 필요한 일이죠. 이 질문들에 대한 답을 듣지 못하면, 우리는 옷을 만들 수가 없어요"라고 정색을 하며 말했다.

나는 쌍둥이 여사님들의 의상실, 장독대집 안방을 나온다. 거실의 크림색 소파에는 두 명의 여자가 앉아 있다. 나이트룸을 이용하는 손님들은 언제나 모두 여자뿐이다. 그리고 그들은 서로 말을 하지 않는다. 대기자가 많을 때는 서너 명, 적을 때는 한두 명. 모두 각자의 세계 속에 머무르며 조용히 순서를 기다린다. 모두 나이트룸에 들어가 밤이 되길 기다린다. 나 역시 그렇다.

지금 나이트룸에 있는 손님이 밖으로 나오면 그다음 은 내 차례.

나는 낙희 여사님이 마당에 있는 것을 발견하고 현관 문을 열고 밖으로 나온다. 낙희 여사님은 허브가 자라고 있는 화단 앞에 서 있다. 레몬밤, 라벤더, 로즈마리, 애플 민트, 타임, 바질…… . 그동안 나이트룸을 드나드는 사이 여러 차례 허브티를 대접받았다. 옷을 맞추고 싶다는 얘 기도 허브티를 마시며 조심스레 꺼낸 것이었다. 봄 햇살 이 가득한 장독대집 마당. 곧 5월이다. 낙희 여사님은 작 은 채반을 들고 허브잎을 따고 있다.

"로즈마리는 고기 요리에 넣으면 아주 그만이에요. 입 욕제로도 좋고."

낙희 여사님이 방금 딴 허브줄기를 내게 내민다. 나는 로즈마리 잎을 코끝에 대고 냄새를 맡아본다.

"치수는 다 쟀어요?"

낙희 여사님이 묻는다.

"네. 여러 군데, 아주 꼼꼼히요."

내가 웃으며 답하자, 낙희 여사님도 미소를 지어보인다.

"디자인 인터뷰도?"

"네."

나는 장독대 위 하나뿐인 항아리와 마당 구석 넓고 둥근 연녹색 잎을 틔운 작은 자목련나무를 바라본다. 그러다 문득, 내내 궁금했던 것을 묻는다.

"두 분은 언제부터 옷을 만드신 거예요?

"음, 아주 오래됐어요. 처음 재봉틀 앞에 앉은 게 열다섯 살 때였으니까……."

로즈마리잎을 따며 낙희 여사님이 대답한다.

"그때도 두 분이 같이?"

"그럼요. 우린 언제나 같이."

그때도 나이트룸이 있었나요? 어떻게 모든 게 시작된 거죠? 나는 묻지 못한다. 끝내 묻지 못할 것이다.

"언제부터 옷을 만들었냐는 질문을 손님들에게 종종 받아요. 그러면 새삼스레 그 긴 시간을 한번 되짚어보는데, 그동안 우리가 사용한 실을 길게 이어보면 그 길이가 얼마나 될까 그런 생각을 하게 되더라고요. 진짜 제법 길겠죠? 지구를 털실뭉치처럼 둘둘 감을 수 있을지도 몰라요."

나는 재봉틀 앞에 앉아 드르륵드르륵 끝없이 실을 박는 쌍둥이 여사님들의 모습을 떠올려본다. 열다섯 살 쌍둥이 소녀들이 재봉틀로 바느질을 하며 조금씩 조금씩 나이를 먹어가는 수십 년의 시간. 길고 길고 길고 길고 긴 실이 한없이 뻗어가는…….

"참, 저번에 준 허브는 어땠어요?"

낙희 여사님이 묻는다.

"쿠키 맛있었어요, 금방 다 먹었어요. 라벤더 주머니는 알려주신 대로 베개 속에 넣어두었고요. 족욕은 아직 해보질 못해서……."

"바지는 맘에 들고요?"

"아, 네. 바지. 이 바지는 정말…… 저는 그동안 한 번도 맞춤옷을 입어본 적이 없지만, 맞춤옷이 전부 다 이렇게 편하고 잘 맞는 건지는 알 수 없지만, 단순히 편하고 잘 맞는다 뭐 그런 차원이 아니라, 그냥 옷가게에서 파는 옷들하고는, 인터넷 쇼핑몰에서 사는 그런 옷들이랑은 정말 달라요. 누가 입게 될지 모른 채로 공장에서 만들어지는 옷하고는, 완전히 달라요. 사실 1년 새 갑자기 살이 쪄서 그동안 마음에 드는 편한 옷을 통 입지 못했거든요."

다시 허브잎으로 손을 뻗으며 낙희 여사님이 말한다.

"잘 먹고 잘 입고 잘 자야 해요."

"……."

"사람은 잘 먹지 않고 잘 입지 않고 잘 자지 않아도 살 수 있지만, 잘 살 수는 없어요."

두어 걸음 움직이는 발걸음, 눈에 띄지 않을 정도로 다리를 전다.

삐삐삐삐삐. 낙희 여사님이 두른 앞치마 주머니에서 타이머가 울린다.

"시간이 또, 됐네요."

낙희 여사님은 자투리 천을 조각조각 이어 만든 앞치마를 두르고 있다. 아득히 포근하고 그리운 느낌의 무늬와 색깔, 딱 알맞게 아름답다.

나이트룸. 어둠, 빛과는 무관한 어둠 속에서 나는 흔

들의자에 앉는다. 정적, 역시 소음과는 무관한 정적. 아주 먼 곳에서 찾아와 오래도록 나를 기다린 듯한 정적. 어둠과 정적 속으로 밤이 가득 피어오른다. 나는 밤이 된다. 날짜를 기억하고 있는 누군가의 생일이 있나요? 몇 개나 되죠? 디자인 인터뷰. 블라우스와 재킷을 만드는 데 필요한 질문들. 반드시 필요하다는 이상한 질문들. 몇 월 며칠? 누구의 생일이죠? 흔들의자가 흔들린다. 축하 인사나 선물은요? 자수병풍 속의 꽃과 새는 좀처럼 모습을 보여주지 않는다. 누구를 때려본 적 있어요? 연주할 수 있는 악기가 있나요? 나는 고개를 가로젓는다. 문득 어린 시절 탬버린과 트라이앵글과 캐스터네츠가 한 세트로 담겼던 노랗고 둥근 비닐주머니를 떠올린다. 찰캉찰캉 땡땡 딱딱딱. 살 수 있지만, 잘 살 수는 없어요. 마지막으로 병원에 간 게 언제죠? 어디가 아팠죠? 내가 아팠던 게 아니었어요. 영안실도 병원인가요. 나도 내게 딱 알맞은, 특별하고 아름다운 블라우스와 재킷을 입고 싶어요. 이름을 말해봐요. 지금 생각하고 있는 바로 그 사람의 이름을 말해봐요. 화장품 공장, 그토록 부드럽고 간지러운 이름을 가진 어지럽고 시큼한 매니큐어의 냄새가 나는 것도 같다.

여름과 겨울, 방학 때면 나는 할머니가 있는 T읍의 미니슈퍼로 돌아갔어요. 내내 할머니와 지내다 개학이 다 되어서야 서울로 돌아왔죠. 열세 살의 여름방학. 나를 할머니에게 데려다주고 엄마와 계부는 휴가를 떠났어요. 일주일이 흐른 뒤, 계부에게 다급한 연락이 왔어요. 엄마가 병원 중환자실에 있다는 소식이었어요. 엄마는 사흘 뒤에 사망했어요. 병명은 급성 패혈증. 여행지에서의 음식물이 감염경로였을 거라 추정됐지만, 내내 같은 음식을 먹었다는 계부는 아무런 문제가 없었어요. 작은 상처로 들어간 균이 걷잡을 수 없이 퍼진 거란 얘기도 있었어요. 이상증세를 느꼈지만 임신 중이었던 엄마는 감기에 걸린 것이라 생각하고는 병원에 가지 않고 며칠을 버텼대요. 그게 큰 화가 되고 말았죠. 계부와 나와 할머니는 그렇게 엄마를 잃었어요. 태어나지 않은 아기도 잃었어요. 얼마 뒤 나는 다시 양 씨에서 권 씨가 되었어요. 나는 가끔 그때의 내 이름을 중얼거려보곤 해요. 오

래전의 일이에요. 나는 이제 온밤 내내 잘 수 있어요. 밤
이 되었으니 그럴 수 있어요. 아주 오래전의 그때처럼요.

9

나이트룸, 아니다. 지금 내가 있는 곳은 나이트룸이 아닌 B101호. 글자판은 그대로, L은 love, M은 mommy, N은 night.

"빌어먹을……."

신입생의 손가락이 내 블라우스의 작은 단추를 풀지 못해 쩔쩔맨다. 나는 거실바닥에 누워 신입생의 어두운 얼굴을, B101호의 낮은 천장을 올려다본다. 그를 돕지 않는 것으로 그를 돕는다. 어둠 속으로 단추 두 개가 떨어져나가 바닥을 구르는 작은 소리가 들린다. 그가 되는 대로 제 바지를 벗는 동안, 나는 한쪽 소매가 벗겨진 재킷을 마저 벗어 등 아래로 받친다. 나이트룸과 같다. 알지 못하지만 이미 알고 있는 것들.

신입생 역시 알지 못하지만 이미 알고 있는 대로 움직이기 시작한다. 조급하게, 함부로, 그의 모든 것이 살진 내 몸 위로 뜨겁게 쏟아져 내린다. 나는 흔들의자 같다.

"빌어먹을……."

이번 것은 내게 하는 말도 블라우스 단추에게 하는 말도 아니다. 밤에게 하는 말, 그저 하나의 검은 덩어리가 되어 버린 그가 그림자째 바스러지며 밤에게 하는 말.

신입생과 나는 석 달 만에 다시 B101호에 왔다. 신입생은 술을 마신 상태였지만, 신발을 신은 채 집 안으로 들어설 정도로 취해 있지는 않았다. 여전히 불길하고 꺼림칙할지언정, B101호는 이제 더럽지 않다. 누군가 신발을 신고 이 집에 들어온다면 나는 그것을 용납하지 않을 것이다. 신입생과 나는 신발을 벗고 현관 턱에 놓인 빨간색과 파란색 물방울무늬 슬리퍼를 신었다. 현관에는

그가 벗어놓은, 석 달 전보다 더욱 낡고 더욱 지저분해
진 남색 스니커즈.

"이젠 불이 들어와요."

내가 말했다. 전등이 켜지는 것은 물론, 부엌의 싱크
대와 개수대는 말끔히 닦여 있다. 어둡게 얼룩져 있던
화장실 거울도 마찬가지. 창문마저도 부드럽게 열린다.
그러나 작은 방의 문 앞뒤로 붙어 있던 유아용 글자판은
그대로. 깊은 밤 유령처럼 움직이며 조금씩 조금씩, 그
모든 것이 그를 다시 이 집에 들이기 위해서였을까.

나는 열흘 가까이 밤의 고양이처럼 집요하게 신입생
을 쫓았다.

새벽의 편의점에 신입생의 모습이 보이지 않았다. 대
신 편의점 주인인 중년 남자가 카운터에 앉아 꾸벅꾸벅
졸고 있었다. 출입문 옆에는 새벽 시간 아르바이트생을
모집한다는 광고지가 붙어 있었다.

당황한 나는 닳고 닳은 여배우처럼 연기하지 못했다.
그러나 연기가 아니었기 때문일까, 여학생은 새벽 아르
바이트생으로 고용하지 않는다면서도, 편의점 주인의

입에서는 내가 필요로 하는 얘기가 흘러나왔다.

"먼저 알바생 그만둔 지 이틀 됐어요. 새벽에 잠 못 자고 불면증까지 생겨 너무 힘들다고. 아무튼 요즘 젊은 애들은, 석 달 넘기는 꼴을 못 봤어. 힘든 줄 모르고 시작했나. 암튼 그 녀석 학교도 영 적성에 안 맞는다고, 다 때려치우고 수능을 다시 본다나 뭐라나, 군대를 가버린다나 뭐라나……. 야간 주제에 적성은……."

월드고시원 앞에서 무작정 신입생을 기다릴 수도 있었다. 그러나 그렇게 만나서는 안 될 일이었다. 편의점을 그만두었어도 그가 밤새 잠들지 못하리란 것을 나는 잘 알고 있었다. 창문조차 없을 고시원의 좁은 방에서 뛰쳐나와, 그저 하나의 검은 덩어리가 되어 봄밤의 골목길을 휘청휘청 걸어 다니리란 것을 나는 잘 알고 있었다. 그러나 만약 그가 벌써 이 동네를 떠났다면……. 그렇게 열흘째가 되는 새벽 1시 5분. 나는 드디어 그와 마주쳤다. 신입생은 한밤중에 맞닥뜨린 '전 단골손님'의 안부 인사를 전에 없이 제법 너스레까지 떨며 받았다. 그의 손에는 캔맥주가 들려 있었고, 녹색조끼를 입지 않은 그는 과연 그저 하나의 검은 덩어리일 뿐이었다. 야식을 사러 편의점에 다녀오는 길이라 거짓말을 한 나는 더는 늙은 여배우처럼 굴지 않았다. 내 몸에 딱 알맞은 재킷과 블라우스와 바지를 입고 있었으므로.

Y동에서 가장 작은 놀이터, 밤의 미끄럼틀과 그네와 시소. 하나뿐인 벤치. 나는 앉았지만 신입생은 앉지 않았다.

"그때 그, 지하 집은 어떻게 됐어요? 세가 나갔나요?"

신입생이 내게 물었다. B101호에 대해 물었다.

"아뇨. 임자가 아직 안 나타나네요. 매물로 나온 지 석 달쨴데."

"그 집, 별로긴 했지만, 나한테는 나쁘지 않은 집이란 생각이 들더라고요. 이상하게 계속 생각이 났어요."

나쁘지 않은 집, B101호.

"그 집, 다시 보러 갈래요?"

내가 말했다.

"지금?"

"물론이죠."

나는 경쾌하게 답하며 자리에서 일어섰다. 신입생에게는 여전히 보증금이 없다. 나는 재킷 주머니에서 열쇠고리를 꺼내들었다.

부러질 듯 거칠게 움직이는 손가락. 신입생은 내 살점을 쥐어뜯기라도 할 것처럼 손아귀에 힘을 준다. 나는 간신히 팔을 뻗어 신입생의 검정 뿔테 안경을 벗겨낸다. 예상대로 무척이나 다른 인상의 얼굴이 나타난다. 그 얼굴이 나를 찍어 누른다. 이런 소리와 이런 온도와 이런 감촉과 이런 맛. 그리고 이런 통증. 거센 바람에 마구잡이로 휩쓸려가는 것 같다. 뜨겁게 땅 밑으로 가라앉는다. 늦봄의 어느 밤, 어린 남자와 어린 여자, 이 집이 그와 나를 선택한 것이다.

"악!"

석 달 전 내가 이 집에서 지른 비명과는 많이 다르다. 신입생의 입에서 신음 같기도 하고 고함 같기도 하고 탄식 같기도 한 소리가 터져 나온다. 지난 시간의 모든 긴장과 불만과 실망과 충동이 B101호의 어둠 속으로 스며

든다. 스며들어 다시 어둠이 된다. 나는 그의 이름을 알지만 그의 이름을 부르지 못한다. 대신 땀에 젖은 그의 앞머리를 헤치고, 그의 왼쪽 눈썹 속을 더듬는다. 어둠 속 전등 스위치를 더듬어 찾듯 눈썹 속 숨겨진 쌀알만 한 점을 더듬어 찾는다.

밤이 간다. 온밤 내내 길고 긴 잠을 자고 싶은데, 밤이 되고 싶은데, 나이트룸 B101호. 뜨겁고 끈적끈적한 어둠이 깊숙이 나를 뚫고 지나간다. 발작 같은 소리가 여러 번 터져 나온다. 자목련, 검붉게 시들어 핏자국처럼 바닥을 뒤덮는.

엉망으로 구겨지고 뜯겨진 옷을 입다 말고, 나는 다시 늙은 여배우가 되어 아닌 척 애원하듯 말한다.

"집에 같이 가지 않을래요? 술 한잔 더 해요. 그때 그, 편의점에서 산 와인이 있는데, 와인잔과 같이……"

거실 바닥에서 검정 뿔테 안경을 집어 드는 신입생은 나를 바라보지 않는다.

"그동안…… 잠을 통 못 잤어요."

오래도록 큰 소리로 울고 난 소년처럼 잔뜩 쉬어버린

목소리가 말한다.

"……먼저 갈게요."

B101호의 현관문이 닫힌다. 나는 낡고 지저분한 남색 스니커즈가 발소리를 죽여가며 지하 계단을 오르는 소리를 듣는다. 잠시나마 그는 제 신발을 벗고 내가 마련한 파란색 물방울무늬 슬리퍼를 신었다. 발소리가 멀어진다. 나는 신입생의 이름을 안다. 그러나 그를 불러 세우지 못한다. 나는 이 집에 내 몸에서 흘러나온 피를 닦을 만한 것이 있나 생각한다.

부슬부슬 분무기를 뿜어대는 것처럼 비가 내리고 있다. 해가 뜬 걸까, 어둑어둑 흐린 하늘 탓에 정확히 알 수가 없다. 밤이 완전히 지난 걸까, 이제 밤이 아니라면 이렇게 이른 시간에 나이트룸에 가도 되는 걸까. 나는 장독대집 앞 골목을 몇 번이나 왕복하며 날이 더 밝기를 기다린다. 구겨지고 뜯겨진, 딱 알맞은 옷들이 비에 젖는다. 나는 춥고 뜨겁고 아프고 무섭다.

새벽의 끝, 안개비가 내리는 흐린 아침, 나는 장독대

집의 벨을 누른다. 아무런 반응이 없다. 다시 벨을 누른다. 역시 반응이 없다. 다시 벨을 누르다 말고, 나는 대문을 쾅쾅 두드리기 시작한다.

대문이 열리고, 여느 때와 달리 쌍둥이 여사님들이 현관문을 열고 집 밖으로 나온다. 난희 여사님은 숄을 둘렀고, 낙희 여사님은 카디건을 걸쳤다. 그리고 두 사람은 똑같은 잠옷을 입고 있다. 나는 두 사람이 똑같은 옷을 입고 있는 것을 처음으로 본다.

"죄송해요. 제가 너무 일찍 왔죠? 아직 주무시던 중이었을 텐데, 정말 죄송해요."

"어쩐 일이죠?"

난희 여사님이 걱정스러운 표정으로 내게 말한다.

"안색이 나빠 보여요."

낙희 여사님이 걱정스러운 표정으로 내게 말한다.

"너무 이른 시간이란 걸 알지만……, 어쩔 수가 없었어요. 죄송해요."

내 목소리는 내가 들어도 금방 울음을 터뜨릴 것처럼 들린다.

"일단 안으로 들어가요."

난희 여사님이 내 어깨를 감싸며 말한다.

"그래요, 감기 걸리겠어요."

낙희 여사님이 단추가 떨어져 나간 블라우스를 재킷으로 여며주며 말한다. 나는 두 사람을 따라 장독대집 안으로 들어간다.

크림색 소파 위, 화끈거리고 욱신거리는 통증이, 몇 시간 전의 지진 같던 순간순간들이 더욱 생생하게 되살아난다. 난희 여사님은 부엌에서 허브티를 내오고, 낙희 여사님은 얇은 담요를 가져와 내게 둘러준다.

"이른 시간이긴 하지만, 이제 밤은 아니니까 나이트룸에 들어가봐도 되겠죠?"

차를 권하는 두 사람에게 나는 조급하게 묻는다.

"아니, 그건 좀……."

난희 여사님이 난처한 표정으로 말한다.

"조금 더 기다려야 할까요? 그럼 몇 시부터……."

내 말에 낙희 여사님이 고개를 젓는다.

"아뇨, 나이트룸에는 들어갈 수 없어요."

"네?"

"나이트룸에 들어가는 건 불가능해요."

다시 난희 여사님이 말한다.

"제가 그제 오후에도 왔었는데, 전에 밤이 아니면 아무 때라도 괜찮다고, 언제든지 와도 좋다고 하셔서……."

"지금이 이른 아침이어서가 아니라, 이제 나이트룸이 이 집에 없다는 얘기를 하는 거예요. 나이트룸에 들어갈 수 없어요. 나이트룸은 사라져버렸어요."

낙희 여사님이 말한다.

이제 이 집에 나이트룸은 없다. 나는 그 말이 무슨 뜻인지 제대로 이해할 수 없다. 나는 자리에서 일어나 나이트룸으로 간다. 쿵쿵거리는 내 발소리가 거실과 복도를 울린다. 나는 나이트룸의 방문을 활짝 열어젖힌다.

나이트룸, 나이트룸과 달리, 방 안은 어둡지 않다. 불이 켜진 것도 아닌데 어둡지 않다. 섬세한 자수가 놓인 여덟 폭의 자수병풍. 꽃과 새와 구름과 나무와 거북이 모두 선명하고 또렷하게 제 모습을 드러내고 있다. 색이 다소 바랬지만, 더없이 화려하고 아름다운 병풍이다. 그리고…… 흔들의자가 없다. 어둠도 없고 정적도 없다. 나이트룸은 사라져버렸어요.

쌍둥이 여사님들이 나를 따라 방 안으로 들어온다.

"나이트룸 스스로가 장소를 결정한다고 말했었죠. 이제 더 이상 이 방은 나이트룸이 아니에요. 나이트룸이 그렇게 결정한 거예요."

"갑자기 어딘가로 옮겨갔어요. 아직은 우리도 몰라요."

나는 아무래도 쌍둥이 여사님들의 말을 이해할 수가 없다. 꿈속을 헤매듯 어리둥절할 뿐이다. 나는 여전히 넋을 놓고 마술쇼를 지켜보는 관객일 뿐이다. 난희 여사님이 내 어깨를 감싼다. 낙희 여사님이 내 팔을 잡아끈다.

나는 다시 거실의 크림색 소파로 돌아온다. 거실 창밖, 장독대 위 하나뿐인 항아리가 비를 맞고 있다. 소파앞 탁자 위에는 레몬밤 허브티. 연기처럼 수증기를 피어올리고 있다. 나는 다시 입을 연다.

"무슨 말씀을 하시는 건지 잘 모르겠어요. 저기 저 방은 저렇게 그대로 있지만, 저 방이 더 이상 나이트룸이아니라는……. 어째서 나이트룸이 사라져버린 거죠? 그럼 대체 어디로…… 가버린 거죠?”

“그건 아직 우리도 알 수 없어요. 그러나 어딘가에 다시 장소가 정해질 거예요. 시간이 좀 걸리겠지만, 우리는 나이트룸의 문지기, 그곳을 다시 찾아낼 거고요. 여기 이 집을 처음 보러 왔을 때처럼요.”

난희 여사님의 말에 내가 다시 말한다.

“그렇지만 분명히 그저께만 해도, 저 말고도 여러 손님들이 있었고, 평소와 전혀 다를 게 없었는데…….”

내 목소리는 좀처럼 차분해지지 않는다.

“나이트룸은 늘 그래 왔어요. 그런 식으로 장소를 바꿔왔어요. 다만 이번에는 유난히 갑작스러운 것 같네요. 어떤 징조도 없이 바로 어젯밤에 그렇게 되고 말았어요. 다른 곳보다 훨씬 안정적이라고 생각했는데, 우리도 예상치 못한 일이에요. 그래서 우리도 이제 이 집을 떠나야 해요.”

낙희 여사님이 말한다. 이 집을 떠나야 해요.

“여사님들도요? 하지만 의상실은요? 손님들은요?”

“나이트룸이 선택하는 곳이 우리의 의상실이에요. 우

리는 쭉 그렇게 살아왔어요. 손님들은, 알잖아요. 우리는 간판을 내걸고 광고를 하고 일을 한 적이 없어요."

"그렇지만 아직 집 계약기간이 남아 있는데……."

"며칠 후에 부동산으로 연락이 올 거예요."

"무슨……?"

"집주인 어르신이 돌아가셨다는 연락이 올 거예요. 오랫동안 이 집에 사셨던, 지금껏 요양소에 계신 그 할아버님이 돌아가셨어요. 바로 어젯밤에요."

"나이트룸이 사라진 것. 어젯밤, 그래서였던 거예요. 우리에게도 곧 연락이 오겠죠. 집을 비워달라고."

"……."

"이 집은 헐리게 될 거예요."

"그 전에 우리는 먼저 떠나야죠."

"안 돼요."

내가 말한다.

"안 돼요, 가지 마세요."

나는 난희 여사님에게 바짝 다가간다.

"옷을 더 만들어주세요. 더 많은 옷을 맞추고 싶어요."

나는 낙희 여사님의 손을 잡고 애원하듯 말한다.

쌍둥이 여사님들은 침묵에 잠긴다. 나를 향한 침묵이 아니다. 멀고 먼 어느 순간을, 멀고 먼 어느 장소를 한 걸음 한 걸음 되짚어가는 듯한 침묵이다. 점점 짙어지는 안개나 구름 같은 침묵이다.

"그럴 수는 없어요. 우리는 떠나야 해요. 다른 곳에도 다른 사람들에게도 나이트룸이 필요하니까요."

난희 여사님이 말한다.

"언제가 될지 모르지만, 다시 만나게 될 거예요. 아가씨가 이 집과 만난 것처럼, 우리를 만나고 나이트룸을 만난 것처럼, 다시 저절로 만나게 될 거예요. 모두 이미 알고 있는 것들이에요."

낙희 여사님이 말한다.

"이미 알고 있다는 것들은, 저는……."

나는 더 이상 말을 이어갈 수가 없다. 목이 조이듯 아프다. 귓속이 윙윙대며 울리고, 눈두덩이 욱신거려 눈을 뜰 수가 없다.

"자, 차를 좀 마셔요. 한결 나아질 거예요."

"그래요, 너무 지쳐 보이네요. 여기서 잠시 눈을 붙이
도록 해요."

놀랍게도, 레몬밤 허브티는 거의 식지 않았다. 차는
여전히 뜨겁기만 하다. 시간이 꽤 흐른 것 같은데 왜 식
지 않은 걸까. 나는 뜨거운 허브티를 몇 모금 마신다. 졸
음이 밀려온다. 온밤 내내 길고 긴 잠을 잘 수 있을 것만
같다. 쌍둥이 여사님들의 말대로, 잠시 눈을 붙이는 게
좋겠다. 바로 그 나이트룸에서처럼.

10

여름과 가을이 지나갔다. 그리고 겨울도 거의 다 지나 갔다. 오늘 아침, 올겨울의 마지막일 것 같은 눈이 내리 고 있다. 나는 잠에서 깨어나 창가에 서서 한동안 눈이 쌓여가는 골목길을 바라본다.

장독대집 노인이 죽었다는 연락이 오고, 쌍둥이 여사 님들은 장독대집을 떠났다. 나는 두 사람을 배웅하지 못 했다. 얼마 뒤 '자매양장' 명함의 전화번호를 눌러보았 지만, 예상대로 전화기의 저편에서 결번이라는 안내멘 트만 들려올 뿐이었다.

여름과 가을이 지나는 동안, 장독대집이 헐리고, 그 자리에 신축빌라가 들어섰다. 방 두 개의 12평형, 반지하까지 4층 여덟 가구. 겨울이 시작될 즈음부터 나는 그 빌라 402호에 살고 있다.

장독대집을 떠나기 전 쌍둥이 여사님들은 내 블라우스를 수선해주었다. 그리고 자수병풍을 내게 주었다. 불현듯 장독대 위 항아리가 자취를 감췄다. 나이트룸처럼 사라져버렸다.

나는 자수병풍을 새로 살게 된 집의 작은 방에 펼쳐두었다. 나는 이제 아주 가끔씩만 잠이 들지 못한다. 잠이 오지 않는 밤이면 자수병풍 아래 거위털 침낭을 펴고 그 안에 들어가 잠을 청하곤 한다.

베란다 창가에 몇 종류의 허브 화분을 키운다. 허브 잎으로 차를 끓여 마시거나 요리를 할 때 사용해보기도 한다. 매 끼는 아니지만 나는 이제 음식을 만들어 먹는다. 내가 즐겨 사용하는 냄비와 프라이팬과 접시와 대접은 장독대집 지하실에서 발견한 캠핑용 코펠이다. 혼자만의 요리와 식사에 딱 알맞다. 인스턴트 음식과 당분을 줄였기 때문인지 쪘던 살이 반쯤 빠졌다. 쌍둥이 여사님들에게 맞춘 블라우스와 재킷과 바지는 헐렁해져 더 이상 내 몸에 맞지 않는다. 나는 언젠가 그 옷들을 다시 내 몸에 맞게 수선해 입을 수 있을 거라 생각하고 있다.

계부는 여전히 내게 소질이 있다고 말한다. 나는 여전히 계약성사율이 높다. 부동산중개인은 집 임자가 따로 있다는 사실만을 명심하면 되니까. 나는 집의 소리를 듣고 냄새를 맡고 맛을 본다. Y동 구석구석 수많은 집을 방문한다. 그리고 유유상종, 그 집에 어울리는 사람을 찾는다.

장독대집 마당의 장독대와 항아리와 허브 화단은 사라졌지만, 키 작은 자목련나무는 사라지지 않았다. 나무는 신축빌라의 한 귀퉁이 재활용품 수거함 옆에 자리를 잡고 겨울을 났다. 나는 자목련을 보며 쌍둥이 여사님들과 신입생을 떠올린다. 다시는 신입생을 만나지 못하리라는 것, 언젠가 쌍둥이 여사님들을 다시 만나고, 다시 나이트룸에 들어가게 되리라는 것, 내가 이미 알고 있는 것들 중 하나다.

봄이 오면 빌라 귀퉁이에서 짙은 자주색의 목련이 필

것이다. 열한 송이쯤, 어쩌면 몇 송이 더…….

당신은 자신의 '집'을 갖고 있습니까?

이소연 (문학평론가)

한 존재가 세계 속에서 자신의 집을 갖는다는 것, 그
것은 '생명'을 선물 받는다는 말과 동일한 뜻을 갖는다.
크게는 개체가 머무는 장소, 비바람을 막아주는 거처,
작게는 의식이 깃드는 몸, 이 모든 것이 생명체가 살아
갈 수 있게 하는 조건이 된다. 저 벽과 지붕은 세계와 나
사이에 경계를 만들고 적절한 거리를 둠으로써 '자아'에
대한 의식을 유지시켜주는 역할을 한다. 열린 문과 창문
들은 우리로 하여금 세계를 향해 적절한 방식으로 자신

을 개방할 수 있게 해준다. 그러므로 "어떻게 우리가 우리의 삶의 공간에서 삶의 모든 모순적인 양상과 조화를 이루며 살고 있는가, 어떻게 우리가 하루하루 우리 자신을 '세계의 한 구석'에 뿌리박고 있는가"* 라는 물음에 우선 답할 필요가 있다. 먼저 내밀한 장 안으로 들어가 자신을 존재의 삶 안에 초대한 이의 의지를 수락한다. 이는 우리에게 휴식과 잠을 가져다준다. 잠을 맛본 이만이 순순히 세계를 수용하여 내면에 품을 수 있다. 그리고 나서는 세계와 나 사이를 조율해주는 장소를 찾아 집을 짓는다. 우선 밤이 필요하다.

이신조의 소설 『우선권은 밤에게』에서 시간은 대개의 일상처럼 아침, 낮, 밤의 순서로 흐르지 않는다. 그의 세계에서는 밤이 먼저다. 그 뒤를 따라 아침이 가까스로 도착한다. 이러한 순서는 한 영혼의 탄생과 깨어남을 다

루는 이야기에 적절한 플롯을 제공한다. 이신조는 이번 작업에서도 그간 자주 다루어온 테마인 '성장'과 '도시에서의 삶'에 초점을 맞추고 있다. 성장의 플롯은 상실한 대상에 대한 애도 및 이를 통한 치유와 함께 맞물리면서 차츰 존재의 역운(歷運)을 밝혀주는 신화의 자리로 옮겨간다. 그리고 독자는 힘겨운 생존의 고투를 넉넉한 긍정으로 감싸 안는 시선에서 작가의 체온을 느낀다. 살아있으므로 따스한.

어떻게든 '성장'이 가능한 세계는, 어떤 형태로든 한 생명이 자리를 잡고 살아갈 수 있도록 도움을 제공해준다. 이런 도움마저 제공할 수 없는 지경이 되면, 우리가 거주하는 세계는 폐허로 변해버릴지도 모른다. 만일 우리 세계가 아직 초월적인 대상에 대한 희망의 맥을 놓지 않았고, 모순을 화해시킬 수 있는 역량을 갖고 있다면 한 생명이 받아야 할 수 있는 여백이 있다는 뜻일 것이다. 『우선권은 밤에게』는 당연한 것처럼 여겨지지만 아무나 이뤄낼 수 없는 그러한 꿈이 조금씩 현실태로 나타나는 과정을 인내심 있게 쫓아간다. 그리고 소설의 주인공에게는 이러한 과정이 '화해'로 나아가는 전 단계를 의미한다.

이 소설은 이러한 성장과정이 의미 있는 '장소'와의 만남과 밀접하게 결부되어 있다는 점에서 흥미롭다. 작가는 한 단계씩 이 순서를 밟아가면서 세계의 일원인 우리에게 반복해서 이러한 질문을 던진다. "당신은 자신의 '집'을 갖고 있습니까?" 이는 집 없는 존재(homeless being)들에게는 힘겨운 질문이다. 작품을 읽어나가는 독자는 어느 순간 이 질문이 점차 무장소성(placeless)의 황무지로 변해가는 세계에 대한 묵직한 심문으로 바뀐다는 사실을 느끼게 된다. 이 질문에 대한 답을 찾다보면 우리는 자신도 부모 잃은 고아, 자기 집으로부터 내 처진 난민, 치유가 불가능한 병자임을 깨닫게 된다. 세계와 우리는, 이러한 궁벽한 시절을 어떻게 극복해낼 것인가. 우리는 예전에 이 답을 알고 있었는지 모른다. 『우선권은 밤에게』는 거의 잊혀진 해묵은 지혜를 더듬게 만든다.

#1. 저기서, 그는 아프고 외롭다

어딘가에 뿌리를 내려본 적이 없는 사람에게는 노스탤지어도 없다. 그래서 자신이 어디가 아픈지, 무엇을 원하는지도 알지 못한다. 그러나 독자는 차츰 주인공이 보여주는 '무감(無感)'이야말로 그의 아픔의 원인이자 징후라는 것을 깨닫게 된다. 그러나 기실 애매한 연고만을 믿고 지방에서 올라와 대도시의 한복판에 던져진 고아 소녀가 취할 수 있는 선택지가 그리 많을 리는 없다. 긴 겨울의 끝에 따스한 봄이 생각보다 빨리 오지 않듯, 낯선 땅에 던져진 존재의 수용기관은 견뎌낼 만한 때 기다리면 서서히 열릴 것이다. 하지만 막연한 기대만을 갖고 기다리기에는 희망의 기미는 너무도 옅고, 그를 둘러싸고 있는 현실의 무게는 지나치게 버겁다. 그가 겨울 한 때를 가까스로 견디게 해주었던 두터운 겨울 외투와 장화를 좀처럼 벗으려고 하지 않는 것도 같은 연유일 것이다. 그러나 어린 순처럼 젊은 그에게 어울리지 않는 둔중한 복장만큼, 자신의 일상을 무심히 흘려보내는 듯한 낮은 어조와 시선에 우리는 좀처럼 익숙해지기 어렵다. 아직 자신이 머물러 있다는 실감을 받지 못하는 이 대도시에서, 그는 아프고 외로운 것이다. 충충이 더께 앉은 무감각으로 가리고 있어서 그 자신조차 알아차리지 못하는 것일 뿐.

어린 나이에 자신을 낳은 어머니, 존재조차 불분명한 아버지, 부모의 보살핌을 받지 못하고 조부와 조모 밑에서 자라야 했던 어린 시절…… 드러내지 않아도 그가 아플 것이라고 짐작되는 이유는 이 말고도 더 많다. 뿌리 뽑힌 꽃나무의 이력이 이러할까. 한 사람의 '이름'이란, 외할아버지의 호적에서 계부의 호적으로, 그리고 어머니의 죽음으로 인해 다시 외가의 호적으로 이리저리 옮길 만큼 가벼운 것이 아니다. 그나마 젊은 몸이기에, 이런저런 직장으로, 지방에서 도시로 왕복했던 여정을 견뎌냈을지 모른다. 그러나 그는 그 과정에서 자신이 호되게 겪었을 몸살에 대해 말하지 않고, 그저 자신이 어떻게 지금의 자리에 도달했는지, 그 경위를 담담하고 무심한 어조로 짚어나간다. 아마도 그가 말로 풀어내지 못한 사연이 더 있지 않을까? '전(前) 계부'라는 기묘한 인연 하나에 가느다란 뿌리 한 가닥을 내리고 아직 '소녀'에 불과한 어린 여자가 서울이라는 대도시에서 홀로 살아가는 고역에 비길 수 있는 것은 많지 않다. 그리고 이러한 그의 아픔은 주변상황을 대하는 그의 기분과 느낌에 고스란히 반영되어 있다.

　나는 밤의 시간 안에 있다. 이삿짐 박스처럼 가득 채우는 시
간, 영수증처럼 무심히 구겨지는 시간, 빈 시소처럼 갑자기 기
울어지는 시간, 낮 동안 흐른 시간을 잼처럼 저어 묵처럼 굳히
는 시간, 밤의 시간.(43-44쪽)

　누군가 나를 본다면, 나는 그저 하나의 검은 덩어리로 보일
것이다. 나는 그저 하나의 검은 덩어리로 보이는 커다란 검은
외투를 입고, 그 외투에 달린 커다란 검은 모자를 덮어 쓰고
밤의 거리를 걷는다.(45쪽)

　그가 자신의 몸을 "그저 하나의 검은 덩어리"라고
묘사하는 대목은, 위에 인용한 구절이 전부가 아니다.
심지어 그는 자신이 짧은 사랑을 느꼈던 남학생의 모
습을 그릴 때조차 같은 표현을 사용한다. "그의 손에
는 캔맥주가 들려 있었고, 녹색조끼를 입지 않은 그

는 과연 그저 하나의 검은 덩어리일 뿐이었다."(166-167
쪽) 이 "검은 덩어리"라는 표현은 너무도 우울하고 또
암담하여, 이쯤 하여 잠깐 멈추어 거듭 되새기지 않고
서는 넘어갈 수 없을 것 같다. 그는 자신이 잘 갖추어
진 형태를 지닌 인간이 아니라, 아직 한 덩어리의 배
(胚)처럼 미분화된 상태에 있다는 사실을 숨기지 않는
다. 그리고 그건 그가 순간적으로 애착을 느꼈지만 불
안정한 상태로 떠나보낸 남학생의 상황도 다르지 않
을 것이다. 어쩌면 그는 압도적으로 자신을 억눌러오
는 세계와 자신 사이에 경계선을 만들지 못한 상태에
서, 바깥의 어둠에 그대로 동화되어 있다는 느낌을 준
다. 이러한 상황은 자신이 놓여 있는 '장소'를 통제하
지 못하는 상황으로 상징된다.
　한편, 주인공은 자신이 갖고 있는 놀라운 재능을 통해
독자를 예상치 못했던 신비로운 감각의 세계로 끌고 들
어간다. 그것은 그가 타고난 '장소-감각'을 갖고 있다는

사실이다. 그는 전 계부가 인정했던 것처럼 부동산 중개업에 남다른 '소질'을 보이면서 다채로운 도시의 뒷골목방 구석구석을 차례로 순례한다. 그의 감각에 한데 실려 따라가다보면 독자는 작중인물들이 거쳐 가거나 머무는 장소들이 그들의 심리상태나 삶의 역정을 기이하게 반영하고 있다는 사실을 깨닫는다. '나'의 일터인 사무실의 풍경이 어둡고 탁한 분위기에 휩싸여 있는 것도 이 때문일 것이다. 마치 이런저런 집기들이 각자의 자리를 차지하고 있는 가운데, '내'가 끼어든 것 같은 인상을 주는 것은 그가 한 번도 자신의 삶의 풍경에서 주인공이 되어본 적이 없기 때문이다. 그가 걸어 다니는 서울의 거리풍경이 그렇게 암울한 것도 애착을 둘 구석을 갖지 못한 한 소녀의 공허한 영혼을 그대로 투사한 것이리라. 자신이 무엇 때문에 이렇게 밤이면 거리를 헤매고 다니는지, 값싼 음식물과 형편없는 외투로 자신의 몸을 홀대하는지, 이해하지 못한 채 조급하게 늙어가려는 소녀가 저기에서 걸어 나온다.

#2. 거기서, 그는 더 아프지만 덜 외롭다

'내'가 처해 있는 그 막막한 상태는 어쩌면 죽은 엄마
에 대한 상실감을 제대로 감각하지 못한 데서 비롯된 것
이 아닐까. 비록 자신을 제대로 양육하지는 못했으나 자
신에게 새 가족과 아파트에서의 단란한 삶을 기대하게
했던 엄마가 죽고 난 후, 과연 그가 제대로 아파한 적이
있었던가? 이에 대한 답은 소설의 후반부에서 주어진
다. 그가 자신의 감각을 온전히 되찾고 성장의 한 단계
로 올라선 순간, 그가 극복해야 했던 것은 엄마의 죽음
으로 인한 상실감을 온 몸과 마음으로 받아들이는 일이
었다. 그러나 그 단계에 이르기 전에, 그에게 요구된 것
은 자신을 겹겹이 에워싸고 있는 우울증과 힘겹게 싸워

이겨내는 일이었다.

죽은 고인을 애도하지 못한 우울증 환자의 증상 가운데 하나가 고인을 자신의 내부에 밀어 넣어 동일시하는 일이다. 그에 따르면 '내'가 자신의 몸을 소중히 여기지 않고, 번번이 나이에 걸맞지 않게 "늙은 여배우 흉내"를 내는 것도 우울증의 징후에 속하는 것으로 보인다. "나는 계부가 내 얼굴에서 엄마를 찾고 있다는 것을 깨달았다. 나는 엄마와 거의 닮지 않았다. 그런 만큼 더 애써 찾고 있었다."(94-95쪽) 자신의 모습에서, 사랑했던 여성인 엄마의 흔적을 찾아내려고 애쓰는 사람은 '전 계부'뿐이 아닐 것이다. 아마도 의식하지는 못할지언정, 그 자신도 자신 안에서 죽은 엄마의 모습을 꾸준히 찾으며, 엄마의 삶을 되풀이하는 방향으로 스스로를 밀어붙였던 것이 아닐까. 그래왔다는 것, 엄마의 삶을 대신해서 살려고 했다는 것을 인정할 때 진정한 애도는 시작될 것이다. 진정한 애도, 어쩌면 그것은 자신의 수용기관을 활짝 열어 결핍과 상실로 가득한 현실을 겸허하게 받아들이는 일일지도 모르겠다. 한 인간으로 성숙하기 위해서 결코 피할 수 없는 순간, 이에 대한 예감은 불안과 함께 기묘한 설렘을 준다. 그가 어린 시절 살았던 동네의 골목에 서 있던 자목련 나무를 회상하는 장면이 그러하다. 그는 꽃을 피우기 위해 그렇게 심한 몸살을 앓곤 했던 자목련의 모습에서 무엇을 보는가.

봄날의 얼마 동안, 마치 나무가 심한 병을 앓는 것처럼 보였다. 펄펄 열이 끓어오르고 괴롭게 뒤척이고 혼잣말을 횡설수설 중얼거리는 것 같았다. 붉은 꽃송이가 불쑥불쑥 돋아나 무거워 보일 정도로 빽빽하게 나뭇가지를 감쌌다. 이내 알전구가 깨지듯 펑펑 꽃이 피었다. 꽃을 피우느라 힘겨워 보이는 나무를 바라보는 일이 힘겹게 느껴졌다. 목련은 예쁘고 환하고 아름다웠지만, 뜨겁고 어지럽고 무서웠다. 그리고 얼마 후 골목길 바닥은 잔인한 전쟁터처럼 변했다. 검붉게 시들어 짓이겨진 목련꽃잎들이 온통 핏자국처럼 바닥을 뒤덮었다. 그게 또 그렇게 힘겨워 보일 수 없었다.(……) 봄이면 피할 수 없는 한바탕 요란한 사건. 마음을 졸이며 담장 너머 자목련을 올려다보던 기억. 그러나 힘겹고 버겁다 생각하면서도, 꽃이 피고 지는 시간이 차라리 빨리 지나갔으면 바라면서도, 나는 그 압도적인 봄의 사건을 내심 기다렸던 것 같다.(104쪽)

이러한 설렘은 그가 다양한 사람들을 만나 새로운 경험을 하게 되면서 점차 현실 속에 구체화되기 시작한다. 자취방을 찾기 위해 자신의 사무실을 방문한 신입생과 역시 집을 구하기 위해 찾아온 쌍둥이 여사님들과의 만남으로 인해 그의 단조롭기만 한 일상은 서서히 변화를 겪기 시작한다.

왜 어떤 딸은 엄마의 나쁜 삶을 되풀이하는 실수를 저

지르는 것일까. 그가 자신에게 별 관심도 없는 남자를 향해 품은 어이없는 연정 때문에, 함부로 몸을 주고, 이른 나이에 상처를 경험하는 것은 역시 미혼모의 몸으로 자신을 낳고 방임한 엄마에게 나름대로 복수하는 방식인지도 모르겠다. 그에 비해 두 여사와의 만남은 그에게 치유와 위안을 주는 좋은 인연이라고 할 수 있다. "사람은 잘 먹지 않고 잘 입지 않고 잘 자지 않아도 살 수 있지만, 잘 살 수는 없어요."(159쪽) 가장 아프고 가장 힘겨울 때 선물처럼 나타난 쌍둥이 여사는 주인공에게 색과 향, 그리고 다채로운 형상으로 이루어진 감각의 세계를 접하게 함으로써 스스로 "검은 덩어리"에 지나지 않는다고 느끼는 '나'를 깨우고 성장으로 이끄는 데 결정적인 역할을 한다.

고대 로마인들은 모든 장소에 '게니우스 로키(genius loci)' 즉 땅의 정령이 있다고 생각했다고 한다. 게니우스

로키란 각 토지가 갖고 있는 고유한 분위기로, 역사를 배경으로 각 장소가 갖고 있는 양상이라고 한다. 쌍둥이 여사들의 존재가 바로 이 게니우스 로키의 현현이 아닐까. 어느 날 덜컥 찾아와 주인공이 평소에 애착을 두고 있던 '장독대집'에 세를 드는 자매들, 그리고 그들이 작은 방에 만들어놓은 신비스런 치유의 장소 '나이트룸'은 이야기 전체에 신비스런 분위기를 조성한다. 신화 속의 등장인물들은 곧잘 정령들의 인도에 따라 세계와의 일체감을 회복하곤 하지 않던가. 심리학 용어를 빌면 이러한 존재는 우리의 무의식에 잠재되어 있는 원형 가운데 하나인 '아니마'를 체현한 인물들이라고 할 수 있을 것이다. 두 노부인과의 만남이 '나'에게 결핍되어 있는 모성을 대체하는 자비로운 인연임은 말할 나위도 없다. 이런저런 만남에 이끌려 '나'는 걸어 잠근 빗장을 풀고 미숙한 상태의 자아로부터 조금씩 풀려나오기 시작한다.

여름과 겨울, 방학 때면 나는 할머니가 있는 T읍의 미니슈퍼로 돌아갔어요. 내내 할머니와 지내다 개학이 다 되어서야 서울로 돌아왔죠. 열세 살의 여름방학. 나를 할머니에게 데려다주고 엄마와 계부는 휴가를 떠났어요. 일주일이 흐른 뒤, 계부에게 다급한 연락이 왔어요. 엄마가 병원 중환자실에 있다는 소식이었어요. 엄마는 사흘 뒤에 사망했어요. 병명은 급성 패혈증. (……) 계부와 나와 할머니는 그렇게 엄마를 잃었어요. 태어나지 않은 아기도 잃었어요. 얼마 뒤 나는 다시 양 씨에서 권 씨가 되었어요. 나는 가끔 그때의 내 이름을 중얼거려보곤 해요. 오래전의 일이에요. 나는 이제 온밤 내내 잘 수 있어요. 밤이 되었으니 그럴 수 있어요. 아주 오래전의 그때처럼요. (161-162쪽)

그러나 짐작하듯, 한 사람이 조금씩 개성을 갖추고 자신을 실현한다는 것은 고통이 따르는 일이다. 자신을 둘러싸고 있는 두터운 보호막들을 모두 걷어내고 홀로 세계와 맞서지 않으면 아무런 꽃도, 잎도, 열매도 얻을 수 없다는 것은 꽃나무들에게만 해당되는 사정이 아닐 것이다. 세상에 뿌리를 내리고 살아가는 생명체라면 모두 감내해야 할 그 시련을 가리켜 혹자는 '그림자'라고 부르고, 혹자는 '통과의례'라고 부른다. 이러한 원형은 이 소설에서 이야기 전체를 관통하는 "밤", 또는 "어둠"의 메타포와 조응하고 있다. 바로 거기, 한낮에도 밤이 지배하는 '나이트룸'에서, '나'는 마치 자궁 속의 태아로 회귀한 것처럼, 순수한 어둠과 조우하게 된다. 그 어둠과 하나가 되었다고 느끼는 순간, 그가 혹독한 시련을 자신의 삶과 인격의 일부로 수락하는 사건이 일어난다. 그것은 일종의 유사-죽음과 비슷한 체험이라고도 할 수 있다.

#3. 여기서, 아프지 않은 것도, 외롭지 않은 것도 아니다

부슬부슬 분무기를 뿜어대는 것처럼 비가 내리고 있다. 해가 뜬 걸까, 어둑어둑 흐린 하늘 탓에 정확히 알 수가 없다. 밤이 완전히 지난 걸까, 이제 밤이 아니라면 이렇게 이른 시간에 나이트룸에 가도 되는 걸까. 나는 장독대집 앞 골목을 몇 번이나 왕복하며 날이 더 밝기를 기다린다. 구겨지고 뜯겨진, 딱 알맞은 옷들이 비에 젖는다. 나는 춥고 뜨겁고 아프고 무섭다.(170쪽)

짝사랑했던 남학생과 하룻밤을 보낸 다음 날, '나'는 공교롭게도 가장 위안과 휴식이 필요한 시기에 '나이트룸'이 사라진 것을 발견한다. 어쩌면 '나이트룸'은 그의 아픔을 달래주기 위해서가 아니라, 오히려 그가 알지 못했던 아픔을 던져주기 위해 왔던 것인지도 모른다. 자기 자신이 된다는 것, 어른이 된다는 것은 아픔을 더 이상 느끼지 않는다는 의미가 아니라 오히려 더 민감하게 주위의 세계와 사람들에게 연루된다는 것을 뜻한다. 상처를 숨기고 살았던 '나'는 이제 그 아픔을 납득할 줄 아는 어른으로 성장한다. 더 세밀하게 분화된 감각을 이용해 더 많은 장소와 사람들을 연결시켜 주는 것이 자신의 일임을 확실히 알았기에. "나는 집의 소리를 듣고 냄새를 맡고 맛을 본다. Y동 구석구석 수많은 집을 방문한다. 그리고 유유상종, 그 집에 어울리는 사람을 찾는다."(181쪽) 이 소설이 우리에게 전해주고자 하는 것은 치유의 전언일까. 아마도 그럴 것이다. 일 년 전에 비해 주인공은 도시에 어느 정도 적응한 것 같다. 적어도 한동안은, 허브 화분과 자목련 나무가 자라고 있는 새 집을 떠날 생각이 없어 보인다.

그러나 이신조는 조급한 낙관의 기미보다 우리 곁에 확실하게 머물러 있는 아픔과 고독의 시간들에 주목했던 작가가 아닌가. 우리는 삭막하기 그지없는 대도시 안에서 겨우 입사(入社)의 고비를 넘긴 작중인물들이 어떻게 자신의 '집'을 찾아서 이를 시켜낼 수 있을지 알지 못한다. 어른들의 도시는 이들의 시간을 도무지 참아주지 못하고 몇 년, 심지어 몇 개월 단위로 이들의 일상을 점검하고, 갱신하려 들 것임이 분명하다. 물론 이 작품에서 이야기하는 '집'은 벽과 지붕으로 둘러싸여 있는 물리적 거처이기 이전에 내면화된 장소에 더 가까울 것이다. 부동산, 즉 재화로서의 '집'에 대한 관심은 걷잡을 수 없이 높지만, 진정한 '집'은 한 인간 안에 내면화된 무형의 가치에서 출발하는 것이 아닌가? 죽어 다시 태어나는 시련 없이는 소유할 수 없는 장소, 그것은 면적이나 입지로 가격을 메기거나 양도할 수 있는 것이 아니다. 그 비밀을 아는 자만이 세계의 구석에 자리 잡을 수 있다. 그리고 철학자들은 그러한 구석을 갖지 못한 이들은 살아 있으나 존재하지 않는 것과 마찬가지라고 말한다. "있는 모든 것은 반드시 어떤 장소(topos) 안에 있으며 어떤 공간(chōra)을 점유하는 게 필연적이지만, 땅에도 하늘 어디엔가도 없는 것은 아무것도 아니라고 우리는 말합니다."[*]

과연 아스팔트와 유리로 덮여 있는 대도시에서도 생명체가 홀로 뿌리를 내리고 생존할 수 있는가? 작가는 우리에게 이런 질문을 던진다. 이들은 어떻게 자리 잡고 적응해가는가? 도대체 이렇게 황폐한 땅에서도 신화와 꿈이 존재하고, 생명체를 어떻게든 살아가도록 이끌어 주는 정령이 깃들 수 있는가? 작가는 자신이 던진 질문에 누구보다 앞질러 이렇게 대답하려는 것 같다. 아직은 가능하다고. 그 이유는 우리에게 빛이 있기 때문이 아니라 어둠이 있기 때문이며, 아픔과 시련이 먼저 찾아오기 때문이라고. 우리가 여전히 밤 속을 헤매고 있고 시련을

---

* 플라톤, 『티마이오스』, 박종현 김영균 역주, 서광사, 2000, 146쪽.

통과하는 과정에 있다고 느낄 때 이러한 소설적 지혜는 얼마나 큰 힘이 되는가. 우리가 놓여 있는 현실을 차갑게 응시하면서도 한편으로 초월적인 선의를 향한 상상력의 끈을 놓지 않는 것, 그것은 소설만이 할 수 있는 일이다. 그 말고는 누가 세속도시를 향해 이런 주문을 걸 수 있겠는가. 여기는, 아직 머물 만한 곳이라고.